Klaus Funke

AM ENDE WAR ALLES MUSIK

Faber & Faber

Inhalt

Abschied am Fluß 7

Am Ende war alles Musik 67

ABSCHIED AM FLUSS
Eine Clara-Schumann-Novelle

Am frühen Abend eines milden Oktobertages des Jahres 1873 fuhr eine dunkle Droschke, aus Dresden kommend, zum Anlegesteg der Elbefähre Blasewitz, einem kleinen Vorort der Residenzstadt, und hielt unter Schnauben der erhitzten Pferde und den »Brrr«-Rufen des Kutschers dort an. Es verging eine kleine Weile, während der der Schwager ein wenig ächzend vom Bock herabgeklettert und um die Kutsche herumgeeilt war, den Wagenschlag mit dem ausklappbaren Trittsteg zu öffnen.
In der Tür sah man zuerst eine Hand, geschützt von einem schwarzen Handschuh, die Hand einer Frau, doch kräftig mit langen Fingern, dann einen mit einer ebenfalls schwarzen Haube und einem Schleier verhüllten Frauenkopf, schließlich die ganze schwarz gekleidete Dame, die, auf den Arm des hilfreichen Kutschers gestützt, vorsichtig sich beugend den Wagenschlag verließ. Während das leichte Gefährt, von der Last seines Fahrgastes be-

freit, sacht zurückfederte, streckte sich die schwarze Dame, hob eine Hand zum Kopf, um sich gegen die letzten rötlich blitzenden Strahlen der zwischen den Wolken hervorscheinenden Abendsonne zu schützen und zu den Türmen und Kirchen der Stadt zurückzublicken, die hinter ihr irgendwo im Schleier des versinkenden Tages liegen mussten. Dann stieß sie einen leisen Seufzer aus, wandte sich der anderen Seite des träge dahinfließenden Flusses zu, sah die kleinen Häuschen und den zierlichen Kirchenbau des George Bähr im Abendsonnenschein, um schließlich nach kurzem Besinnen dem beiseite wartenden Schwager das Salär zu reichen und dann den abfallenden Weg hinunter zum Fluss, hin zur wartenden Fähre zu gehen. Sie schritt energisch aus, dennoch ahnte man ihr Alter, sie mochte die Fünfzig überschritten haben, an Haltung, Figur und dem Gesicht, das im Schatten des Schleiers nur undeutlich zu sehen war. Ein Dienstmann trug, hinter ihr gehend, die Koffer zum Steg. Der Kutscher hatte sie ihm vom Wagen gereicht und dabei ehrfurchtsvoll geflüstert, er solle achtsam sein, die Dame in Schwarz wäre die berühmte Klaviersolistin Clara Schumann, die Witwe des Kompositeurs Robert Schumann, und sie wolle hinüber nach Loschwitz, an das Bett ihres sterbenden Vaters, des ebenso berühmten Friedrich Wieck. Sie käme direkt aus Berlin. Der Dienstmann, ein Handwerksgeselle hier am Ort, der sich ein paar Pfennige dazu verdienen wollte, hatte schweigend genickt, obwohl er weder von einer Klaviersolistin Schumann noch von deren verstorbenen Mann oder ihrem Vater je gehört hatte. Eine feine Dame eben, dachte er, während er hinter ihr ging. Diese blieb stehen, wartete bis er heran war und sagte, es wäre schön, wenn Sie mich bis zum Haus meines Vaters, drüben in Loschwitz, begleiteten und mir die Koffer trügen, nicht nur bis zur Fähre, wie es üblich ist. Er wohnt gleich an der Elbe, nur wenige Schritte vom Ufer weg. Der Dienstmann nickte schweigend, während er sich sagte, dass diese Dame für eine Berlinerin aus dem Preußischen doch ziemlich sächsisch

spräche. Frau Schumann schien seine Gedanken erraten zu haben. Ich komme heuer zwar aus Berlin, wo ich erst seit ein paar Monaten lebe, aber ich wohnte lange im Badischen, sagte sie, bin dennoch eine Sächsin und in Leipzig geboren. Man hört es immer noch. Sie schien zu lächeln unter ihrem Schleier. Dem Dienstmann wurde unbehaglich, sie war zu freundlich für eine feine Dame. Was sollte er ihr antworten, also brummte er eine Zustimmung und blieb zwei Schritte zurück, ließ sie voran auf das schwankende Bootsdeck, wartete, bis sie auf einer der Bänke Platz genommen, um sich selbst dann in gebührendem Abstand mit dem Gepäck am Heck aufzustellen.
Die Fähre wurde von kräftigen Männerarmen per Winde und Seil, das über den Fluss gespannt war, hinübergezogen, kleine Wellen schlugen klatschend an die Bordwände, Möwen schossen im Tiefflug vorbei, das Boot schaukelte im gleitenden Wasser, und je mehr gegen Westen hinter dem sanften Elbebogen die Silhouette der Stadt zu erahnen war, desto näher kam die Fähre dem erstrebten Ufer. Kies knirschte, eine Kette rasselte. Man war gelandet.
Dort ist das Haus, rief die schwarz gekleidete Dame dem Dienstmann zu und zeigte auf ein Gebäude mit rotem Ziegeldach, das zwischen anderen kleinen Häuschen und Gehöften hervorlugte. Es lag wirklich nur wenige Meter vom Ufer ab und sah, soweit man es erkennen konnte, adrett und sauber aus.
Als sie dann vor der niedrigen Gartenpforte stand, die das kleine Vorgärtchen vom unebnen staubigen Pflaster schied, als sie die gelben und blauen Herbstastern darin sah und das wuchernde Klebkraut, das sich ungezügelt auszubreiten schien, da klopfte ihr das Herz, und sie dachte, wie sie das letzte Mal hier gewesen im letzten März, kurz nachdem die Mutter in Leipzig gestorben war. Da war der Vater noch in Hochstimmung wegen seiner Stiftung und gar nicht zugänglich für Ihren Bericht von der Beerdigung seiner allerersten Elevin, wie er die Mutter den Kindern

gegenüber genannt hatte. Diese Mutter, Vaters erste Solistin und Vorspielerin, war ihr immer fremd geblieben. Erst seit ihrem Tod fühlte sie sich ihr näher und vertrauter. Seltsam.
Es ist gut, vielen Dank, sagte die feine schwarzgekleidete Dame, die ihre Augen einen Moment lang geschlossen hatte, dann den Dienstmann aufseufzend entlohnte, der verschwitzt, die Mütze in der Hand, hinter ihr stehend gewartet hatte. Doch sie winkte mit ihrem modischen Täschchen, und der Mann wusste, ins Haus sollte er sie noch bringen, die Koffer. Clara Schumann war mit zwei Schritten durch das Gärtchen zur stattlichen Haustür gegangen, die drei Sandsteinstufen höher lag, und zog die Klingel. Von drinnen hörte man Schritte, die eine hölzerne Treppe herabkamen. Es knarrten die Stiegen, der Schlüssel rasselte und in der geöffneten Tür stand eine füllige junge Frau mit weißem Häubchen und sauberer Schürze.
Guten Tag, mein Kind, da bin ich, sagte Frau Schumann, und hielt die Hand hin, die die Jüngere mit Ehrfurcht ergriff, während sie die Knie beugte. Guten Tag, Frau Schumann, sagte sie lächelnd, beinahe fröhlich und hielt sich im nächsten Moment die Hand vor den Mund, erschrocken und sich besinnend. Ihre Augen wanderten beredt nach oben, ins Obergeschoss, und waren mit Tränen gefüllt, als sie dem Blick der Angekommenen wieder begegneten. Ist er oben? Die Junge nickte traurig.
Stellen Sie die Koffer hier irgendwo ab, wies Frau Schumann den Dienstmann an, der unschlüssig, das Gepäck geschultert, in der Tür stehen geblieben war. Und wieder zur Hausangestellten gewandt, fragte sie in einem Atemzug: Wo kann ich mich einen winzigen Augenblick zurecht machen, ehe ich zu ihm …? Sie brach ab. Wo Sie sonst logierten, gnädige Frau, wenn Sie hier bei uns waren, antwortete die Jüngere und wies nach hinten, wo die Zimmer zum Fluss hinaus zeigten. Clara lächelte. Sie kannte Ernestine, das Hausmädchen, schon viele Jahre, aber immer spielte sie, wenn man sie bei unregelmäßigen kurzen Besuchen wieder-

traf, die würdige gräfliche Kammerjungfer. Erst nach einer Weile, manchmal nach Minuten, manchmal erst nach Stunden wurde sie wie die Tochter des Hauses, das Familienmitglied, behandelt, wurde Ernestines Ton herzlich, warm, und man hörte dann ihren unverkennbaren Dresdner Dialekt. Und Clara hatte nie herausbekommen, ob Ernestine sich wegen ihr oder wegen des Vaters auf diese Weise verstellte, ob er es von ihr forderte, stillschweigend, der Würde des Hauses Wieck angepasst, oder ob sie glaubte, auch die Tochter erwarte ein solch steifes Gehabe von ihr.

Ja, auf den ersten Blick schien im Gästezimmer, das, wie sie wusste, nur ihr allein vorbehalten war, alles wie gewohnt. Auch die Blumen zwischen den beiden kleinen Fensterchen standen so frisch in der Vase, als hätte man sie im Augenblick gepflückt. Ihr Bett, ihr Wandspiegel, der Schrank – alles erinnerte sie an frühere Besuche und an die Kindheit. Erinnerte sie an alles zugleich. Und, den Fenstern gegenüber glänzte, als wäre er frisch poliert, ihr alter Stutzflügel, eines der ersten Erzeugnisse aus der Wieckschen Pianofabrik. Ein Geschenk des Vaters aus fernen Tagen. Sie schlug den Deckel zurück, hielt die Finger über den Tasten, griff, ohne die Töne anzuschlagen, den ersten Akkord von Roberts *a-Moll Klavierkonzert*, dieses c-h-a-a, was im Italienischen Chiara, also Clara bedeutete. Diese absteigende Quinte c-h-a-a, seine geheime Botschaft an mich, dachte sie, wie er immer unsere Liebe in Musik gefasst hat, alles, unser Heimlichstes durch Töne öffentlich hörbar machte. Oh, Robert! Nein, sie würde jetzt nichts spielen. Sie wusste nicht, ob den Vater, der da oben lag, diese Töne stören würden, gerade das *a-Moll Konzert*, das er gehasst hatte wie nichts sonst, ob er im Augenblick womöglich schliefe, und der Ruhe bedürftig wäre. Doch, da sie die Tasten berührte und diesen Akkord in Gedanken griff, sah sie Robert vor sich, wie er ihr voller Freude das erste Notenblatt gebracht hatte, wie er hereingestürmt kam, wie seine Augen strahlten. Dein Konzert! Clärchen, das wird Dein Konzert! Auf ewig werden die Töne deinen Namen tragen: Clara, Clara! Sie berührte die Tasten mit den Fingerspitzen, fühlte die Kühle der glänzenden Elfenbeinplättchen, sie setzte sich auf den gepolsterten Klavierstuhl, der vor dem Flügel stand, ließ den Kopf auf die zierliche Notenablage sinken. Das Holz gab einen klagenden Ton, ihr war, als seufzte das alte Instrument und mit einem Mal überfiel sie ein Schauder von Alter und Einsamkeit. Der Vater im Sterben, die Mutter gestorben, wie viele, die sie kannte. Ferdinand, der Sohn, auf den sie gehofft hatte, auf und davon mit dieser Antonie Deutsch. Ach, wie viele sind gestorben um sie herum, und wie alt, vierundfünfzig, ist sie nun selbst. Manchmal hat sie Schmerzen, die kaum auszuhalten sind. Oh, wie gut hat es Robert. Ein leises Geräusch schreckte sie auf. An der Tür hatte es geklopft. Sie hörte eine Stimme, Ernestines Stimme: Frau Schumann, ihr Herr Vater ist jetzt wach. Sie können hinauf!

Sie straffte sich, zog die Haube zurecht, ordnete mit einer Hand das Haar, schob eine Strähne, die ihr immer wieder in die Stirn fallen wollte, hinters linke Ohr. Ich komme!

Sie stieg die Holzstufen hinan. Und sie staunte über sich, denn, wie früher kam sie an eine, die laut knarrte, und sie konnte es nicht hindern, im Innern den Ton zu summen. Ja, es war das eingestrichene D, in diesem Ton gab das Holz seinen Laut. Und als sie höher stieg, fragte sie sich, wie sie nur an diesen Holzton denken könnte, im Angesicht des nahen Todes des Vaters. Du bist so unernst, Clara, hörte sie seine Stimme, und sie sah sich am Klavier mit sechs Jahren. Da hatte sie auch einen toten Gegenstand gehört, wie dieser einen Ton sang. Vater, hör nur, hatte sie gerufen, das Pedal des Klaviers knarrt. Es knarrt im eingestrichenen D.

Sie ging den dunklen Flur entlang, in dem es, wie im ganzen Haus, noch immer schwach nach Ölfirnis roch. Der Vater hatte, wie sie wusste, im Frühjahr erst die Türen und Fenster, alle Holztäfelungen und die hölzernen Deckenbalken streichen las-

sen. Zwei Schritte und sie stand nun vor seiner Tür, der Tür zu Vaters kleinem Salon. Wieder klopfte ihr das Herz. Wie würde sie ihn antreffen, wie sähe er aus. Sie zögerte einen Augenblick und dachte an Ernestines Worte, eben unten in der Diele. Sie werden ihn kaum wiedererkennen, hatte sie traurig gesagt, als sie leise fragte, wie es ihm gehe. Er schläft und dämmert vor sich hin, kaum dass er etwas isst, wo ich ihm doch gerade heute wieder eine kräftigende Hühnersuppe zubereitet habe. Manchmal singt er leise vor sich hin. Oder er fragt nach seinen Schülern, auch nach den alten von früher. Erst gestern hätte er, sagte Ernestine und man hörte ihr das Grauen an, nach dem Herrn von Bülow gefragt. Wann er denn endlich käme, der Hans, rief er, und als ich fragte, welcher Hans denn, gnädiger Herr, da hat er entrüstet gerufen, na der von Bülow doch. Ja, so geht es nun schon eine Weile. Auch der Doktor Schubert, der jeden Tag kommt, hat erst gestern wieder gesagt, dass kaum noch Hoffnung besteht. Es wird schlimmer und schlimmer, sagte die gute Ernestine und hatte sich in die Schürze geschnäuzt. Daran dachte Clara jetzt, vor der Tür verharrend. Dann holte sie tief Luft und drückte die Klinke herunter.
Sie sah ihn gleich. Er saß im Gegenlicht des Fensters. Man hatte ihm den großen Ohrensessel aus braunem Plüsch, den er so liebte, ein Geschenk seines alten Hassfreundes Bargiel, nahe ans Fenster gestellt, so dass er einen Blick auf die Elbe werfen konnte, die man zwischen den Gebäuden des Nachbargehöftes durchschimmern sah. Selbst die Silhouette der Stadt vermochte man sich von hieraus vorzustellen, wie sie sich fern am Horizont blaugrau unter den Wolken spiegelte. Von draußen drangen jetzt die letzten Strahlen der untergehenden Sonne herein, es war ein mattes warmes Schimmern, das die sitzende Gestalt umspielte. Er saß in seinem dunklen Hausmantel, die Enden der geflochtenen Gürtelschnur hingen zur Seite und berührten beinahe den Boden. Der beiseite gerutschte Zipfel des Mantels gab den Blick auf spitze

Knie und magere Waden preis, auf knochige Füße, die in zu weiten Pantoffeln zu stecken schienen. Der sitzende Greis, immerhin war er im neunundachzigsten Lebensjahr, hatte die Eintretende nicht bemerkt. Sein Kopf, aus dem die markante Nase grotesk hervorragte, war dem Fenster zugewandt, die Wangen, schlaff und faltig, hatten dennoch einen rosigen Schein. Das macht die Sonne, dachte Clara und erschrak, denn als sie leise näher getreten war, sah sie die halb geschlossenen Augen des Vaters, den eingefallenen faltigen Mund, das herabhängende Kinn. Er schaut ja gar nicht zum Fenster hinaus, dachte sie wie in Panik, sein Gesicht sieht aus, als erwarte er jeden Augenblick den Tod. Nichts von früherer Energie und Tatkraft, nicht das Gerreckte, das Stolze, Selbstbewusste, dieses Schaut-wer-ich-bin-Gesicht, nein, nur schlaffes sich Ergeben, nur ein Hauch von nie gekannter Sanftheit, von Erlösung. Er hat schon losgelassen, mit einem Bein ist er schon in der anderen Welt. Oh mein Gott, erschrak sie, komme ich zu spät? Sie räusperte sich, berührte ihn an der Schulter und spürte, wie mager und dürr der alte Körper sich unter dem Mantel anfühlte. Mit einem unterdrückten Schnarchlaut fuhr der alte Wieck auf und starrte mit trüben, aber immer noch unverkennbar blauen Augen in das Gesicht seiner Tochter. Und wie ein aus ferner Vergangenheit Auftauchender sagte er: Du, Clara? Mein Kind, wo kommst du her? Sie erschrak über seine Stimme, ehe sie antwortete. Das war nicht mehr die Stimme, die sie kannte, die sie unter Tausenden herausgehört hätte. Das klang wie ein altes, ungebrauchtes Instrument. Leise und mit einem Zittern darin. Ich komme, sagte sie, weil man mir schrieb, dir ginge es nicht so gut und wenn ich dich …, sie brach ab, doch er ergänzte hastig, indem er sich mit einem Mal aufrichtete, und aus seinen Greisenaugen blitzte altes Feuer, wenn du mich noch einmal sehen wolltest, rief er, dann mögest du jetzt kommen. Nicht wahr, dies hat man dir geschrieben. Fast errate ich, wer es gewesen sein könnte. Nein, wehrte sie schwach, doch sie kannte Vaters

Eifer zur Wahrheit, zur Aufklärung, seinen ewigen Drang, und sie schwieg. Auch er schwieg jetzt, nach seinem Ausbruch und dem Sprechen, das ihn sofort ermüdet hatte, er versank in Grübelei, murmelte Unverständliches, während Speichel ihm auf die Brust tropfte. Clara, die sich vor ihn auf einen Stuhl gesetzt hatte, ihn mit ihren großen Augen aufmerksam musterte, nahm seine braunfleckigen, abgemagerten Hände in die ihren, spürte, wie kalt sie waren, während er, der Sterbende, der dahin dämmernde Greis in seinen Gedanken weit weg gerückt war, siebenundvierzig Jahre zurück, wenn er richtig gerechnet hatte, in das Jahr 1826: Er sieht sich, die erwartungsfrohe Brust hinter einem frisch gestärkten Jabot, mit klopfendem Herzen ein Stöckchen mit goldenem Knauf schwingend, in Wien die … Gasse entlang gehen. Er hat noch ein Viertelstündchen Zeit, zieht ungeduldig nach wenigen Schritten erneut die silberne Taschenuhr hervor, zählt die Minuten bis er dort vorn ins Haus Nummero … einschwenken wird, um sich dem Meister vorzustellen, dem musikalischen Genie – Ludwig van Beethoven. »Fichelant.« Ja, er verdankt es seiner Umtriebigkeit, seiner ständigen Suche nach Neuem, nach Vollkommenerem, denkt er, und er sagt sich dieses sächsische Wörtchen »fichelant« vor, auf der Wiener … Gasse, wie er es auch jetzt, während ihm diese Gedanken wie bunte ferne Bilder gekommen waren, sich wieder vorzusagen versuchte. »Fichelant« und er spitzte die welken Lippen, doch nur ein leises Zischen kam hervor, der Speichel tropfte, ohne dass er es hätte hindern können und er hörte Clara wie von Ferne fragen: Was willst du sagen, Vater? Doch er antwortete nichts, er will zurück in seine Gedanken, er will nicht sprechen, was ihn so ungewöhnlich anstrengt, er will seine Bilder: Wieder sieht er sich in der … Gasse. Es sind nur noch Minuten. Entschlossen geht er zur Hausnummer …, durchschreitet einen dämmrigen Hof, steigt ein paar Sandsteinstufen hinauf, zieht an der Glocke. Ein Bediensteter öffnet, er trägt eine Art Uniform. Der Meister hat einen livrierten Diener, denkt

Wieck. Er legt Rock und Stöckchen beiseite, nein, die Mappe mit den Noten nicht, er will sich doch etwas signieren lassen, vielleicht ein eigenes kleines Stück, das er mitgebracht hat, die Etüde in Es-Dur vielleicht, die er Carl-Maria von Weber widmen wollte und natürlich die Appassionata, dieses kolossale Werk des Meisters, dies auf alle Fälle. Er lächelt, denn sogar an den Stift hat er gedacht, ja, einen Signierstift hat er mitgebracht, unauswischbar, kopierfest für die Ewigkeit. Der Diener verneigt sich, weist mit der Hand zur halb geöffneten Salontür. Dahinter in einem Korbstuhl sieht er ihn sitzen, den großen, den größten lebenden Komponisten überhaupt, Ludwig van Beethoven, das Haar gar nicht so wirr, wie man es von Bildern kennt, die dunklen kleinen Augen hinter einer funkelnden Brille neugierig auf den eintretenden Gast gerichtet. Er steht auf, geht ein paar Schritte auf Wieck zu, sagt mit überlauter Stimme, so setz'n S' sich doch, Herr Wieck, und als er, Wieck, etwas antwortet, eine Floskel, eine Höflichkeit zunächst, da zieht der Meister hinter seinem Rücken ein bronzen farbenes Hörrohr hervor, beugt sich nach vorn, fragt: He, was sag'ns da. Sprechens doch lauter!
Und so schreien sie eine Weile hin und her, bis dann das Klavierspiel an die Reihe kommt. Die Rollen vertauschen sich, Wieck, der anerkannte Klavierlehrer in Sachsen und Preußen, wird zum Schüler, und der Meister aus Wien ist sein Lehrer. Doch, das macht ihm, dem fiebernd Eifrigen, nichts aus. Beethoven spielt und er schaut ihm auf die Finger. Ja, was der Meister da macht, überzeugt ihn. So will er's auch machen in Leipzig. Diese Fingertechnik ist der seinigen, die von Logier kommt, überlegen. Im Geiste sieht er sich schon als Fortführer der Beethovenschen Technik, als einer der Begründer modernen Klavierspiels, er, der immer berühmter und berühmter werdende kleine Sachse, der rastlose, quirlige Musiklehrer, der Konzertagent, Impressario, Musikhändler. Und er träumt seinen Traum, den er seit seiner Zeit auf dem Seckendorffschen Gute nicht mehr los wird.

So, schauens, sagt der Meister und brüllt ihn aus seinen Gedanken, so nur geht es, wenn Sie, mein lieber Wieck, meine Sonaten spielen oder lehren wollen …
Mein lieber Wieck, mein lieber Wieck!
Was hast du Vater, hörte er wieder, wie von Ferne, seine Clara fragen. Mein lieber Wieck, hat er zu mir gesagt, der Meister, wollte er antworten, und du, meine Tochter, mein geliebtes Geschöpf, hast sein Vermächtnis, was er mir mitgab, erfüllt. Du vollstrecktest, was ich mit dem Meister redete vor vier Jahrzehnten. Mein lieber Wieck, sagte er zu mir, Clara, hörst du!
Doch er spürte, wie nur ein Lallen aus seinem Munde kam. Und ineinander schwebend, schwingend mischten sich die Bilder mit den Gedanken: Es ist Nacht, eine fürchterliche Nacht. Gemeinsam mit dem Freunde Bargiel ist er auf der Flucht, weg vom gräflichen Tyrannen, diesem cholerischen Christian Adolph von Seckendorff. Und ihm fallen im selben Moment Worte ein, Worte, die er gelesen hat, die sich mischen mit den Erlebnissen und Erinnerungen an diese Nacht, die in ihm endgültig die Wende bringen wird: die Hinwendung zur Musik. Die Musik Beethovens wird ihn bestimmen wie nichts sonst. Beethoven und immer wieder Beethoven. Sie stürmen durch die Nacht, Bargiel und er, und in ihm glühen die leidenschaftlichen Strahlen, wogen Riesenschatten auf und ab, die von dieser Musik kommen, er fühlt sich eingeschlossen, vernichtet, verzehrt, hin- und hergerissen, wie im Zusammenklang aller Leidenschaften, die die Seele kennt. Es ist, als sprenge es ihm die Brust und er würde dennoch nicht getötet, er stürbe nicht, sondern lebte fort als entzückter Geisterseher. Ja, in dieser Nacht, der Nacht der Flucht in ein neues anderes Leben, fühlt er, dass die Musik in ihn gedrungen ist, und er dankt es seinem Freunde Bargiel, dem Geigenlehrer, er lässt alle bestimmten Gefühle der alten Welt zurück, das glaubt er fest, um sich dieser unaussprechlichen Sehnsucht hinzugeben, die in aller Musik, besonders aber in der des Genius Beethoven aufgehoben scheint.

Sie wissen nicht, wo sie hinwollen, Bargiel und er, nur weg von diesem Rittergut, diesem Raubritter, wie Adolf immer sagte, zurück nach Leipzig. Mit der Reitgerte hat er sie geschlagen, der Dienstherr, nur weil sie die Frechheiten der verzogenen Zöglinge pariert hatten. Doch plötzlich sieht er, wie die Bilder von den jungen Grafen zu seinen beiden eigenen Kindern werden. Alwin und Gustav prügeln sich, sie fechten mit ihren Geigenbögen, und Clara sitzt auf ihrem Klavierhocker und lacht. Sie hat ihr neues Konzertkleid, ganz in Rosa mit zierlichen Schleifen, an. Sie lässt die Beine baumeln, die vom Sitz noch nicht ganz zur Erde reichen. Sie ist acht und kann schon Mozarts Es-Dur Konzert spielen. Und wieder sieht er das Löwenhaupt des Meisters vor sich, der die Augen geschlossen hält. Doch, es ist die Totenmaske, die er sieht, des Meisters totes Gesicht. Er erinnert sich, während die Bilder wie im Nebel durcheinander quirlen, ihm fällt seine Vision von damals wieder ein. Eine Ahnung befällt ihn, lässt ihn nicht mehr los, sie wird Wille und Entschluss, mit der Kleinen wird er das Vermächtnis des Meisters erfüllen. Jede Faser, jedes Härchen, das kleinste Hautfleckchen, das Muttermal hinterm Ohr, alles ist aus seinem Willen. Gott hat ihr diese Begabung gegeben, diese einmalige, unter Millionen Menschen einmalige Fähigkeit, mit vier lernte sie erst sprechen, aber das absolute Gehör zeigte sich, seit die Musik ihr Lebensinhalt wurde. Warum soll sie anders als mit der Musik sprechen. Noch an der Wiege, als er ihre Hände sah, rief er, und er sieht sich neben seiner ersten Frau Marianne stehen, diese Hände sind Pianistenhände. Sie wird das, was ich immer wollte, eine von Gott begnadete Klavierspielerin. Er weiß, er weiß es seit ihrem achten Geburtstag, sie ist sein fleischgewordener Wille, mit ihr wird er hinausziehen in die Welt und von der Botschaft des Meisters künden. Er sieht sie auf dem Klavierhocker in diesem Konzertkleid, das er ihr am Brühl gekauft hat, und er liebt dieses Kind wie nichts sonst auf der Welt, wie er nie jemanden sonst geliebt hat …

Der Träumende schlug die Augen auf, er wusste nicht, wo er war, ob er noch in seinen Bildern, ob er in seinem Zimmer am Fenster saß, dann sah er, verschwommen nur, Claras Gesicht vor dem seinen und er fühlte ihre warmen, kräftigen Hände, wie sie die seinen kalten, knorrigen hielten. Und aus diesen Händen strömte die Wärme bis in sein Herz.

Leise sagte er: Du musst doch Konzerte geben, Clara. Was sitzt du hier, bei deinem sterbenden Vater. Du musst unser Werk vollenden. Ich sterbe und dabei kann mir niemand helfen. Clara streichelte sacht mit den Daumen, während sie seine Hände immer noch fest hielt, über die alte, faltige Haut. Nein, Vater, sagte sie, ich will, ich muss jetzt bei dir sein. Ich habe alle Konzerte für die nächste Zeit abgesagt. Ich bin hierher, zu dir geeilt, habe mich von niemandem verabschiedet. Die Kinder ahnen, die anderen wissen nicht, dass ich bei dir bin. Sprich nicht so viel, das strengt dich an. Wir wollen beieinander sitzen und an unser schönes, unser großes Leben denken. Wir wollen in Gedanken ineinander tauchen und nichts soll sie trüben.

Der Sterbende lächelte zufrieden, die blauen Augen leuchteten auf. Er war ihr so dankbar, so sehr dankbar.

Doch, noch während sie diesen letzten Satz gesagt hatte, nichts soll unser Beisammensein trüben, da wusste sie, dass ihr auch andere Bilder kommen würden. Sie sah in sein verfallenes Gesicht, das im Schein der Abenddämmerung, die durchs Fenster ins Zimmer drang, schimmerte und auf geheimnisvolle Weise leuchtete, und sie dachte daran, wie sie über dieses Gesicht als Sechsjährige so erschrocken war, wie es ihr monatelang und später häufig Angst gemacht hatte, weil sie den Vater für einen Zauberer hielt, der sie verhext hatte. Im November 1828 war sie bei ihrer Mutter Marianne zu Besuch gewesen. Es hatte Kirchkuchen gegeben, den sie so liebte und beim Vater nie bekam. Es macht dich zu dick und schadet dir, pflegte er zu sagen. Und die Mutter hatte ihr Geschichten vorgelesen, darunter auch die Gruselgeschichten E.T.A. Hoffmanns, die sie später von Robert oft zu hören bekommen würde, der in die Geschichten des Gespenster-Hoffmann vernarrt war. Mutter Marianne las die Geschichten vom Sandmann, die Abenteuer der Sylvesternacht, die vom Rat Crespel und andere noch. Sie las dem Kind bis spät in die Nacht vor, bei Kerzenschein, wo sie sonst beim Vater längst mit einem Bibelspruch zu Bett gemusst hätte. Und sie weinte und litt mit der Not der literarischen Gestalten, sie stellte sich alles lebhaft und plastisch vor. Ja, sie sah sich selbst als Giuletta, als Olympia, Stella und Antonia. Da, an einem Abend, sagte die Mutter mit einem Glitzern in den Augen: Pass nur auf, Clara, dass es dir nicht geht wie einem dieser armen Mädchen. Dein Vater ist ein wahrer Dapertutto und ein Spalanzini dazu. Er richtet dich ab und dressiert dich, und niemals wirst du einen richtigen Liebhaber haben dürfen, weil er dich als Klavier spielende Puppe überall herumzeigen will.

Sie hatte sich die Gesichter dieser Männer vorgestellt, harte Gesichter mit funkelnden Augen, übergroßen Nasen, hatte sich im Bett unterm Kissen verkrochen. Sie waren nicht verschwunden, diese Funkelaugen und gierigen Münder, selbst, wenn sie die Augen fest zupresste. Und als sie dann zurück kam zum Vater, und er sie gleich wieder ans Klavier zwang, diese Kalkbrenner Variationen über den Marsch aus der Oper *Moses* zu spielen und zu üben für ein Vorspiel vor Paganini, den der Vater als umtriebiger und rastloser Konzertagent, der er war, nach Leipzig holen wollte, da dachte sie gleich an die Zauberer und Magier, von denen in den Hoffmann'schen Geschichten die Rede gewesen war. Und es stimmte auch, seine Augen glitzerten und funkelten, es war dieses blaue Leuchten in ihnen, er hatte sie verhext, und sie musste spielen und spielen, wie die Jungfrauen bei Hoffmann singen und tanzen mussten. Und als dann Paganini im nächsten Oktober wirklich nach Leipzig kam, glaubte sie vollständig an Mutters Spukgeschichten. Vater stand mit diesem Hexenmeister auf

du und du. Sie spielte ihm ihre selbst komponierte *Polonaise in Es-Dur* vor und hatte sich die ganze Zeit gefürchtet, ihre Verzauberung könnte wirklich sein, es wäre ein Mechanismus in ihr, der sie antriebe, die Finger bewege und in ihrem Kopf Note an Note reihte in unendlicher Folge. Und der Vater redete so, als könne er aus ihr einen weiblichen Paganini am Flügel machen. Er ahmte den Italiener nach, ließ die Augen blitzen, noch toller als früher, sie beobachtete ihn aus den Augenwinkeln, ob er nicht etwa doch ein Spalanzini würde und sie in ihren Armen ein Knacken hörte, was von kleinen Rädchen und Federn herrührte, die er in sie hineingehext hätte … und ein Traum kam wie ein unscharfes, fernes Gebilde herbei … wie war das mit diesem Traum, den sie in dieser Zeit geträumt hatte? Doch sie vergaß ihn wieder, kaum dass er herbeigegaukelt war …
Der Kopf des Alten war zur Seite gesunken. Er schlief. Clara ging auf Zehenspitzen zur Tür und ins Erdgeschoss hinunter, wo Ernestine in der Küche Gemüse putzte. Wann der Vater sich zur Nacht legte, wollte sie wissen, und ob der Arzt noch einmal käme. Ja, der Doktor käme gewöhnlich gegen neun Uhr. Es wäre gleich soweit. Clara ging in ihr Zimmer. Sie wollte noch einen Brief schreiben und warten, bis der Doktor käme, um dann mit ihm wieder hinauf zum Vater zu gehen.
Doch sie konnte sich nicht konzentrieren. Die Hände aufgestützt, auf das leere Blatt starrend, im flackernden Schein einer Petroleumlampe, dachte sie an den sterbenden Vater, der da oben schlief. Sie liebte ihn, wie konnte sie auch anders. Ja, sie war sein Geschöpf in doppeltem Sinne. Er hat mich als Mensch und als Künstler geschaffen, dachte sie, ohne ihn wäre ich nicht die Clara Schumann, die ich bin. Ja, ohne ihn hätte ich nicht einmal Robert getroffen. Wie kann ich anders als ihn lieben, als ihn verehren, auch als den, der mir bis heute einzig in Wahrheit geblieben ist, der mich nie verlassen hat wegen irgendeiner Frau oder abstruser Allüren. Und sie durchwärmte, wie eben, als sie noch oben

bei ihm gewesen war, dieses Gefühl einer grenzenlosen Dankbarkeit und Liebe, einer verzeihenden Liebe. Diese mageren alten Hände, die von der Kühle des Todes kündeten, die sie gehalten hatte, seine Hände, wie war doch die Liebe herüber und hinüber geströmt. Wie hatte sie sich eins mit diesem alten Mann, ihrem sterbenden Vater, gefühlt. Und doch, so fiel ihr ein, hatte sie ihn mehr als einmal auch tödlich gehasst. Sie hatte sich eines Gedankens geschämt, den sie eines Tages gehabt hatte, als er ihr wieder und wieder diese Solostücke von Kalkbrenner und anderen aufgezwungen hatte, in seiner suggestiven Art mit blitzenden Augen und zerwühltem Haar, wie ein entnervter Impressario; er war um sie herumgesprungen wie Klein Zaches, hatte mit den Armen gefuchtelt, wo sie lieber Bach gespielt hätte, viel lieber Bach, aber er ihr gerade Bach nicht begreiflich machen konnte; und ihr Gedanke, war: Mein Vater ist ein Scharlatan! Ein Pianoverkäufer und Hochstapler, ein Betrüger und Narzissus, der selbst nichts wirklich weiß, nicht einmal die Kunst der Fuge oder das Wohltemperierte Klavier unterrichten kann, geschweige denn Beethoven, bei dem er sich einst als neuer Vollstrecker des Meisters gefühlt hatte. Und als sie dann Mendelssohn in Leipzig die Bachschen Toccaten und aus dem *Wohltemperierten Klavier* spielen hörte, da hat sie den Contrapunkt mit einem Mal, im Handumdrehn begriffen, da hat sie eine Ahnung von der musikalischen Allgemeinweisheit des Thomaskantors bekommen und ihre Angst vor diesem Bach verloren, diese Angst, die sie dem Vater verdankte, nur dem Vater, niemandem sonst. Und sie hat, daran besann sie sich jetzt, im flackernden Licht am Tisch sitzend, den Bach, der nun ihr Bach geworden war, heimlich üben müssen. Und es hat ihr Freude gemacht, unendliche schöpferische Freude, diese Entdeckung von Johann Sebastian Bach. Meine Furcht war umsonst, dachte sie, Bach zu spielen, wurde mir zum Abenteuer. Wie eine Wanderung auf verschlungenen Pfaden, oder wie die Predigten der großen Propheten, von denen ich gehört hatte, ward mir sei-

ne Musik. Mit der Kammermusik der Wiener Schule und dem Orchesterspiel ist es genauso gewesen. Immer nur Solo wollte der Vater mich spielen lassen, immer nur als solistische Attraktion, erst als Wunderkind, dann als hübsches, begehrenswertes Mädchen, hatte er mich rumgezeigt und sich in meinem Glanze mitgesonnt, dachte sie jetzt im Licht der flackernden Lampe, genau wie diese Magier und Hexenmeister des E.T.A. Hoffmann und ihre mechanischen Puppen.
Ja, dem Hexer auf der Geige, diesem italienischen Zaubergeiger, wollte er sie nachformen. Eine Paganina sollte sie werden. Richtig närrisch ist er nach dem Paganini-Besuch in Leipzig geworden, hat gefuchtelt, mit den Haaren geschüttelt, mit den Händen gestikuliert wie dieser Violinist. Gerade oben bei ihm, seine kalten Hände haltend, hatte sie sich dieser Bilder erinnert, dachte sie hier beim Lampenlicht. Und dann kam Robert. Er hat den Alten gleich durchschaut und seine Beobachtungen aufgeschrieben in seiner Kritzelschrift.
Ich sollte Roberts Tagebuch wieder einmal lesen, dachte sie. Aber ach, ihr Robert kam ja nicht, er ist ja schon da gewesen. Viel früher schon war er ihr erlösender Prinz. Wie im Märchen.
Ja, wie im Märchen. Meines Lebens Märchen.
Sie starrte in das flackernde Petroleumlicht. Robert las mir vor, dachte sie, ich war zehn oder elf, er las diesen E.T.A. Hoffmann, wieder und wieder, und er war ein guter Vorleser, so wie ich immer ein schlechter und mühseliger Leser gewesen bin. Coppelius, der bei Hoffmann der Sandmann war, Coppelius, der Advokat, dieser Sandmann, der uns Kindern Sand in die Augen wirft und uns dann in einen Sack steckt, um uns von seinen Kindern, bösen Raubschnäblern, zerhacken zu lassen. Und zu eben diesem Sandmann ist in meinen Kindergedanken eines Tages ein alter Geschäftsfreund meines Vater geworden. Es war ein Theatermann, wir nannten ihn den Jud Schlohmiel, seinen richtigen Namen weiß ich bis heute nicht. Sie trafen sich, mein Vater und

er einmal in der Woche, saßen in der Küche bei einem Glas Wein. Was sie beredeten, habe ich nie erfahren und weiß es bis heute nicht, dachte Clara, denn eines Tages kam dieser Schlohmiel nicht mehr. Es ist gut möglich gewesen, dass der Vater auch in die Theaterbranche einsteigen wollte, obwohl er nie etwas von Literatur gehalten hat. Jedenfalls sind damals in der Grimmaischen Straße, dachte Clara, durch Roberts geheimnisvolles Flüstern zuerst mein Vater, der ewig nervöse, unruhig flatternde Konzertagent und Pianohändler, dieser Klavierlehrer, der nie zur Ruhe kam und alles ansteckte mit seiner Zappeligkeit wie auch dann sein Gast, der glutäugige, geheimnisvolle Jud Schlohmiel, beim Schein flackernder Kerzen zu diesen Hoffmannschen Ungeheuern geworden.

Und sie erinnerte sich jetzt, nach über vierzig Jahren, an diesen Traum, den sie damals nach Roberts Vorlesung gehabt hatte. Ihr hatte geträumt, erinnerte sie sich, wie sie im Nachthemd hintergeschlichen war von ihrem Kämmerchen, das sie oben bewohnte, und leise die Küchentür einen winzigen Spalt geöffnet hatte. Der Vater saß mit dem Juden am Tisch, vor ihnen stand eine Zwei-Liter-Flasche mit bestem Rheinwein. Sie tuschelten irgendetwas, was sie nicht verstand. Auf einem Tischchen neben dem Feuer lagen allerlei Werkzeuge, auch seltsame Phiolen mit einer leuchtenden Flüssigkeit. Und in einem schwarzen Kästchen, dessen Deckel offen stand, sah sie zierliche hölzerne Finger, Gelenke und Scharniere auf einem samtenen Kissen ausgebreitet. Ein maßloser Schrecken schnürte ihre Kehle zu. Sie wollte entfliehen, vermochte es aber nicht. Und da hörte sie auch den Juden sagen: Sie wird spielen können wie eine Göttin. Keine Passage, die sie nicht beherrsche, Doppeloktaven, Terzentriller, Akkordpassagen, Fingerwechsel auf einer Taste, Überschlagen mit ruhiger Hand, Doppelmordente, Oktaven mit Bravour – alles kein Problem. Sie wird ein weiblicher Paganini, sie wird die Appassionata in einer Geschwindigkeit spielen, dass es ihr kein

Lebender nachmachen wird. Ich betäube sie, lieber Wieck, sie wird es nicht merken, im Handumdrehn ist es geschehen und sie werden Ihre Clara, das begabte Kind, nicht wiedererkennen. Ich sage es Ihnen – wie eine Göttin, wie Olympia wird sie spielen. Schlagen Sie ein, Wieck, und die Sache ist abgemacht. Und der Vater, dessen Augen funkelten, schlug ein. Sie hörte die Männerhände ineinander schlagen, es klatschte und aus dem Herdfeuer stoben die Funken. Clara aber, zitternd hinter der Tür, konnte nicht fliehen, im Gegenteil, eine magische Kraft schob sie hinein, in die Küche. Die Männer wandten sich um. Da bist du ja, Clara, sagte der Vater und stand auf. Er fasste sie bei der Schulter und zog sie zum Tisch. Herr Schlohmiel hier, den du kennst, sagte er, wird dich jetzt in einen Schlaf versetzen, und wenn du aufwachst, wirst du die weltbeste, die einmaligste Pianistin sein, die es gibt. Wieder wollte Clara fortlaufen, wieder wollte sie schreien, doch konnte sie weder einen einzigen Schritt gehen, noch öffnete sich ihr Mund. Der Jud Schlohmiel, dessen Augen wie das Kohlefeuer glimmten, dessen schwarze Haare vom Kopf abstanden, als wären sie mit dieser neuen Technik magnetisiert (sie wusste, Vater besaß so einen Magnetapparat, immer hatte ihr davor gegraut), packte sie mit einem Mal mit rohen Griffen. Er bog sie zurück und zum Feuer hin, es wurde wärmer und sengend heiß. Meine Haare verbrennen, dachte sie, meine schönen langen Haare. Dann verlor sie das Bewusstsein. Als sie wieder aufwachte, saß sie am Flügel. Der Vater stand neben ihr, der Jude saß in Mutters altem Seidensessel. Spiel etwas, Clara, sagte der Vater, schlag irgendeinen Akkord an, meinetwegen Es-Dur, und greif die Oktave dazu. Sie tat, wie er ihr geheißen, und sie blickte dabei auf ihre Finger, die wie von selbst, gefühllos, aber behende und ohne den sonst ziehenden Schmerz über die Tasten griffen. Spiel uns eine doppelläufige Tonleiter, in fis-Moll, rief der Vater, und sie tat es. Mühelos perlten die Töne wie aneinander gereihte Silbertröpfchen. Spiel uns das große *Rondo brillant* von Herz! Sie spielte und sie fühlte, wie die Finger und mit ihnen die Hände, die Arme, die Schultern ohne Anstrengung gehorchten, wie sie die Tempi bis zum Wahnsinn steigerte. Es schien, als flögen die elfenbeinernen Plättchen von den Tasten, als versage die Mechanik. Ein Wirbeln, ein Furioso! Es funktioniert, rief der alte Jude und war zum Vater hingetreten, was sagte ich Ihnen, Wieck, es ist gelungen! Und der Vater jubelte, tanzte auf einem Bein herum, schlug sich auf die Schenkel, schnitt Grimassen. Dann kam er zu Clara an den Flügel, legte ihr die Hand auf den Kopf: Von heute an werden wir die Welt erobern. Clara, wir werden die Botschaft des Meisters verkünden, wir werden die Menschen verzaubern wie der Italiener, wir werden weltberühmt, dein Vater und du.

Die Szene löste sich auf. Alles verschwand, der Vater, der Jude Schlohmiel, das Zimmer, der Flügel. Sie lag in ihrem Bett und schluchzte. Dann stand sie auf, ging zum Fenster, durch das der Mond hereinleuchtete, und besah ihre Finger, ihre Hände, die Arme. Doch, alles war wie immer, und als sie sich in den Daumen biss, tat es weh, wie sonst auch.

⁂

Clara Schumann erwachte aus ihrem Denken und Träumen. Die Petroleumlampe brannte mit unruhiger, kleiner Flamme. Draußen hörte sie Schritte und Stimmen. Der Arzt war gekommen. Sie ging hinaus, ihn zu begrüßen. Doktor Schubert war ein kleiner, unruhiger Mann mit wirrem Kraushaar. Seine Augen glitzerten und funkelten hinter dickem Kneiferglas hervor. Ach, Sie sind auch hier, Frau Schumann, das ist ja prächtig, rief er hastig, die Worte ohne Pause aneinander reihend, ja um Ihren Herrn Vater steht es nicht gut. Wir müssen uns wohl auf das Schlimmste gefasst machen. Als ich Sie im letzten Jahr hier im Semperschen Hoftheater spielen hörte, oder ist es schon im Siegesjahr einundsiebzig gewesen, ich weiß es nicht mehr, sehen Sie, auch unsereins verliert das Gedächtnis, egal, jedenfalls hörte ich Sie und Sie spielten den ganzen Abend Werke Ihres verstorbenen Mannes; wissen Sie noch – das *a-Moll Konzert* und die *Davidsbündler Tänze* als Zugabe. Clara nickte, ja, sie erinnere sich deutlich an das Konzert, sagte sie, denn auch der Vater war da gewesen und mit ihm viele Schüler, auch ehemalige wie der Anton Krause, Rollfuß, Riccius, sogar der Bülow hatte versprochen zu kommen, war aber dann doch nicht erschienen; ja, damals ist der Vater noch kräftig und ideenreich gewesen, hatte andauernd von seiner Stiftung geredet, die ihn wie nichts sonst beschäftigte.

Und Ihr Herr Vater, unterbrach sie der kleine Doktor Schubert eifrig, war noch gesund und munter, bis auf ein paar Kleinigkeiten, die in seinem Alter normal sind. Aber jetzt, sagte der Arzt, jetzt scheint es, verzeihen Sie Frau Schumann, dem Ende zuzugehen. Gerade, als ich die Plattleite herunterkam, Sie wissen, ich habe da oben mein Häuschen, gerade da dachte ich so beim Abwärtsgehen, wie lange kenne ich den alten Wieck doch schon? Es müssen beinahe zwanzig Jahre her sein. Und immer ist er, wie wir neumodisch sagen, unter Dampf gewesen. Man konnte kommen, wann man wollte, das Haus war immer voller Gäste und Schüler gewesen, wie ein Pilgerzentrum. Ja und vor zwei Jahren zu seinem Sechsundachtzigsten, als der Krause und andere ihm die Stiftung, man denke sich, eine Stiftung mit seinem Namen noch zu Lebzeiten geschenkt haben, da wimmelte es hier von Verehrern und Gästen. Doch, sehen Sie Frau Schumann, so schnell ändert sich das Leben, seit ein paar Monaten kommt kaum noch jemand. Die meiste Zeit ist er allein. Vielleicht ist er darum kränker und kränker geworden. Oder ist es umgekehrt, weil seine Gesundheit ihn verließ, haben ihn auch seine Schüler und Verehrer verlassen. Wer weiß das. Dennoch, obwohl er sich seit einem Vierteljahr kaum rühren kann, hat er immer noch Schüler. Ich wollte es ihm ausreden, doch er, störrisch wie immer, sagte, wenn er einmal nicht mehr unterrichten könne, dann stürbe er. Also ließ ich's zu, dass der kleine Lindner von nebenan, dieser Zehnjährige mit seiner Schwester, die kaum zwölf Jahre alt ist, dreimal in der Woche zum Unterricht kommen. Gott, Sie spielen ganz rührend, sogar die *Kinderszenen* Ihres verstorbenen Mannes habe ich schon gehört. Doch das Ganze strengt ihn an, Ihren Herrn Vater, und mir kommt es vor, als ob er seine letzte Lebenskraft ganz bewusst auf diese Weise verschwenden will. Er wird schwächer von Unterricht zu Unterricht, denn er will unterrichten so wie früher, so wie mit Ihnen, mit aller Energie und ganzem Willen. Noch immer schwört er auf seine drei Phasen. Zur Zeit ist er bei den Lindners in der zweiten, beim Üben von Akkordpassagen und Doppelläufen, wie er es nennt, ich versteh ja fast nichts vom Klavierspiel, wissen Sie, obwohl Ihr Vater mir vor ein paar Jahren, als ich ihn wegen seines Rheumas behandelt habe, angeboten hat, aus mir einen Konzertpianisten erster Güte zu machen. Meine Hände, hat er gesagt, wären dehnungsfähig und elastisch, die reinsten Klavierpfoten, ja, so sagte er wörtlich. Aber ach, Frau Schumann, redete der kleine Arzt weiter, während er in seinem Lederköfferchen, das er auf eine Kommode gestellt hatte, herumwühlte, diese Hände taugen nicht für holde Tonkunst, allenfalls für die ärztliche Kunst. Zu der sind sie gut, wenn ich, wie gestern erst, einem neuen Erdenbürger auf die Welt helfen muss. Dafür sind sie gemacht. Und er hielt seine Hände in die Höhe, direkt vor Claras Gesicht, dass sie unwillkürlich erschrak und einen Schritt zurücktrat.

Jetzt wollen wir aber hinauf, rief der Doktor, begleiten Sie mich, haben Sie keine Angst, es geht unblutig zu. Und er stieg, gefolgt von Clara, das Köfferchen in der Hand, die knarrenden Stufen hinauf.

Der kranke Wieck saß in seinem Stuhl und es schien, als ob er noch immer schliefe. Ernestine hatte eine Lampe angezündet, die nun die Schatten des Sitzenden, je dunkler es wurde mit schärfer werdenden Konturen, unruhig zitternd an die Wände warf. Das

Fenster war einen Spalt geöffnet und von draußen hörte man die Nachtvögel singen.

Na, mein lieber Wieck, rief der Arzt und trat zu dem Alten. Doch der regte sich nicht. Clara schaute erschrocken, doch noch hatte der Tod den Vater nicht in seinen Händen. Wieck träumte. Es war ihm, als hörte er Musik, im Zustand eines Delirierens, das dem Schlafen vorangeht oder folgt, fühlte er sich in einem Gespinst von Tönen. Er hätte nicht sagen können, welche Musik gerade erklang, ob es die des göttlichen Beethoven oder Webers, des ungeliebten Freundes, Klänge waren, die er zu hören glaubte, oder Mozart, Haydn, Mendelssohn oder die von Woldemar Bargiel, des Sohnes seines einstigen Kameraden. Aber diese Musik webte ihn ein und mit ihr schwang eine Symphonie von Farben und Düften, so als wäre alles gleichzeitig aus einem schillernden, dem Regenbogen entsprungenen Lichtstrahl entstanden, als vereinigten sich die Sinne zu diesem gemeinsamen Konzert. Und er dachte an eine dunkle rote Blume, er wusste nicht mehr, wie man sie nannte, er kannte nur ihren betörenden Duft und er flehte, dass ihn diese Vorstellung, diese Sinnenahnung nicht verließe, denn mit dem Duft und der fernen Musik, welche die samtweichen Klänge eines Cellos immer deutlicher hervortreten ließ, schaukelte er in sanftem Schwingen und glaubte sich in einem nahezu wunschlosen Glückszustand. Dann hörte er, wie eine Stimme »mein lieber Wieck« sagte. Etwas kam auf ihn zu. Ein Herr musste es sein, ein bedeutender Herr. Er sah ein Gesicht, sah aufgekämmte wirre Haare und aufmerksame Augen hinter Brillengläsern, sah ein Spitzenjabot zwischen dem aufgestellten Kragen, und der sterbende Wieck fühlte, wie sich sein eigener Körper aufrichtete, wie er sich neigte, den höfischen Kratzfuß andeutend. Ihr untertänigster Diener, Excellenz, sagte Wieck, ich bin zutiefst beglückt über die Ehre, Ihnen in Weimar meine Aufwartung machen zu dürfen und Ihnen die Kunst meiner Tochter, dem einzigen Glück, das Gott mir geschenkt hat, zu präsentieren.

Nicht sah der Sterbende die Blicke, die der Arzt mit Clara tauschte, nicht hörte er, wie Schubert flüsterte: Er ist nicht ganz bei sich, der bedauernswerte Wieck.

Friedrich Wieck war in seinen Träumen im Salon des geheimen Rates Johann Wolfgang von Goethe. Er sah wie Clara im neuen rosafarbenen Seidenkleid, das ihr die schmale Brust schnürte, vor dem großherzoglichen Flügel saß. Es war keiner aus seiner eigenen Pianoverleihanstalt, wie er ein klein wenig wehmütig dachte. Er sah, und ihm blieb das Herz vor Staunen und Ehrfurcht fast stehen, wie der geheime Rat aufstand, mit schnellen rüstigen Schritten ins Nachbarkabinett eilte, um mit einem hellblauen Kissen wiederzukehren. Das Kind sitzt ja zu tief, rief er aus, und schob Clara das Kissen unter. Der Geheimrat höchstselbst! dachte Wieck, das wird die Nachwelt ehrfürchtig staunen lassen. Dann spielte Clara mit unbewegtem Gesicht, ernst und konzentriert, die Wiecksche Denkfalte auf der Stirn (mein Kind! dachte er verzückt), *La Violetta* von Herz. Die Salontür stand weit offen, es drängten immer mehr Neugierige und Gäste heran. Der große Dichter saß, gesäumt von den Töchtern seiner Schwiegertochter, auf dem Chaiselongue und blickte ernst und versonnen; mit kaum beherrschter Begeisterung, wie er, der Vater und Tagebuchschreiber seiner Tochter am Abend noch sorgsam eintragen würde. Der alte Goethe klatschte als erster, wie es sich gehört, und alle anderen spendeten freundlichen Applaus. Was spielt uns die junge Dame noch, fragte der Geheimrat und wandte sich an den rotgesichtigen Vater. Wieck tippte seiner Tochter auf die Schultern, machte ein Zeichen, zog die Brauen hoch. Sie spielte noch ein Bravourstück, wirbelte mit ihren langen, gelenkigen Fingern über die Tasten. Man tuschelte, tauschte anerkennende Blicke. Das war etwas, dieses sächsische Wunderkind. Der Vater, ja der dort mit dem roten Gesicht und den glänzenden Augen, soll sie ja kaum Kind sein lassen. Den ganzen Tag Klavier spielen, wie traurig. Aber man klatschte, einzelne riefen Bravo. Goethe sagte

hinterher zu Clara: Brav, mein Kind, Sie sind ein großes Talent, und Kraft haben Sie, dass man es kaum glauben kann. Und über die Schulter zu seinem Sekretär: Ich habe mich meisterlich unterhalten gefühlt! Schreiben Sie das auf!
Ich danke für die Auszeichnung, Excellenz, rief der Sterbende, und ergriff Doktor Schuberts hingereichte Hände, ich danke auch schön für das Medaillon, will es in Ehren halten.
Aber, aber lieber Wieck, wir sind doch hier nicht in Weimar am Hofe, Sie sitzen ein paar Meter von der Elbe weg in der Nähe von Dresden, um Sie ist Ihr Häuschen in Loschwitz, besinnen Sie sich. Hier ist die Tochter Clara, und ich bin Hubertus Schubert, der Leibarzt, Ihr alter Freund, wenn Sie so wollen.
Clara, ja, murmelte der Alte, sie ist gekommen, mein liebes Kind. Er schaute auf, und in den Augen sah man jetzt wieder Erkennen und Verstehen.
Oh, dieses Schwanken zwischen Wachen und Traum, zwischen scharfem, ja überscharfem Bewusstsein und Umnachtung, wie sie sich davor fürchtete. Werde ich denn immer von diesem Schrecknis verfolgt, diesem Zwielicht des Geistes, besann sich Clara Schumann, sie dachte an Robert, dachte an Ludwig, der in der Heilanstalt Colditz hockt, erinnerte sich, wie harmlos und albern es bei Robert begonnen und wie verzehrend, alles verschlingend, wie grausam vernichtend es geendet hatte. Ich bin Eusebius, dein Eusebius, und du meine Cilia, hatte er fröhlich gesagt, wenn ich Eusebius bin, dann bin ich nachdenklich und abgeklärt, während ich als Florestan dir impulsiv und feurig begegnen will. Und dort im Sterbestuhl saß nun Meister Raro, wie Robert den Vater getauft hatte, Raro, der gierige, der ewig umtriebige Geschäftsmann. Hört dies denn niemals auf, muss sie denn ewig Zeuge vom Schwinden des Geistes sein. Und jetzt in Vaters letzten Stunden fällt auch ihn nun, den klugen Rechner, den Planenden, den Nimmermüden der Wahnsinn an, dachte sie verzweifelt. Doch mitten hinein in diese Gedanken flüstert der

Arzt ihr ins Ohr: Haben Sie keine Angst. Er verfällt noch nicht. Gleich wird sein Geist wieder wach sein. Es ist im Sterben so, da wechselt Erkennen mit Vergessen, Träumen mit klarem Verstand und Dämmern mit Geistesschärfe. Ich denke, er wird uns heute noch nicht verlassen. Nein, heute nicht.
Sie drückte dem guten Doktor den Arm, beugte sich dem Vater zu, fragte: Soll ich Dir ein Omelett machen lassen. Das hast Du doch früher so gern gegessen. Und als der Alte mit seltsam leuchtenden Augen nickt, eilt sie hinunter, um Ernestine den Auftrag zu geben. Ein Omelett? Um diese Zeit? fragte diese und strich sich über die Schürze.
Clara war froh, dem Sterbezimmer entronnen zu sein, sie fühlte, wie ihr Herz schlug, wie ihre Stirn fieberte. Sie ging über den Flur zur Haustür, öffnete diese, trat in das Vorgärtchen hinaus und atmete tief die Kühle der herbeigesunkenen Nacht. Doch kaum stand sie hier im Dunkeln, kaum roch sie die Luft, die vom Flusse kam, diesem Fluss, der da vorn einen Steinwurf weit seine dunklen Wasser träge und in immerwährender Gleichförmigkeit vorbeischob, kaum hörte sie die aus der Schwärze kommenden geheimnisvollen Geräusche und den Gute-Nacht-Gesang irgendeines noch wachen Vogels, kamen ihr wieder die alten Gedanken. Wehrlos fühlte sie sich, ausgeliefert und einsam. So unaussprechlich einsam. Wieder dachte sie an den Traum, in dem sie zur Klavier spielenden Puppe geworden, und sie hörte Roberts Stimme, der ihr, als sie ihm davon später berichtet hatte, sagte, alles Entsetzliche und Schreckliche, wovon sie geträumt, wovon sie ihm gesprochen, wäre nichts Äußerliches, wäre nicht die äußere Welt, sondern nur die innere Widerspiegelung von Gedachtem und Gewünschtem, sie selbst wäre so, wie sie geträumt, nicht ihr Vater oder der alte Jude Schlohmiel. Wir sind das, was wir denken, hatte Robert gesagt. Dein Vater, dieser Raro, ist nicht halb so schlimm, wie du ihn denkst. Er ist ein Krämer der Musik, der ewige Händler und Jude, ein gutes Geschäft bedeutet ihm

mehr als ein aus dem Herzen komponiertes Musikstück. Ich bin der Johannes Kreisler des E.T.A. Hoffmann, sagte Robert, ich werde mir und meinem Innern ein Denkmal setzen. Und wenn ich an meiner Musik verrückt würde, hatte Robert gesagt, dann nur deshalb, weil ich das, was aus meinem Innern, was mir aus tiefster Seele quillt, nicht mit der Außenwelt vereinen kann. Unsere Welt da drinnen, hatte er gesagt und hatte sich auf die Brust geschlagen, ist reicher, vielgestaltiger, ist bunter, wirrer und tausendmal schöner als alles, was uns umgibt. Und er hatte sie beim Kopf genommen, sie gestreichelt und weiter gesagt: Es gibt in der Kreisleriana von Hoffmann eine Stelle, da schreibt er von den Streitereien zwischen den Anhängern Glucks und des Italieners Piccini, und zwischen dem großen Gluck und dem sinnigen Piccini selbst. Gluck soll dem Italiener seinen ganzen Mechanismus, seine ganze Art zu komponieren, sein Geheimnis, die Menschen zu rühren, erklärt haben. Er soll über seine Melodien im französischen Stil geredet haben, wie man es machte, mit allen teutschen Tricks und Gründlichkeiten. Aber der Italiener Piccini ist dennoch kein Gluck geworden, er hat nichts der *Armida*, der *Iphigenie* Vergleichbares geschrieben, nur seine schauerlichen Töne und hohen Fistelfalsetts. Und dann, so hatte Robert an jenem Abend in der Grimmaischen Straße gefragt, dachte Clara im Vorgarten des Wieckschen Hauses, bedürfe es also des genauen Wissens, wie Raphael seine Gemälde angelegt, komponiert hat, um selbst ein Raphael zu werden? Und deshalb, Clara, wird dein Vater auch niemals einen neuen Beethoven schaffen können, selbst wenn er die Klaviertechnik des Meisters auf das Vortrefflichste kopiert, selbst wenn er sich als sein Vollstrecker empfindet. Er kopiert und experimentiert mit dir herum, aber ihm will nichts Eigenes gelingen. Du musst werden, die du bist, hatte Robert gesagt, du musst es von innen heraus werden, ohne fremde Hilfe. Du musst erkennen, welche Mächte in dir selbst das Unverwechselbare sind, dann schwingst du dich auf zu höchster

Meisterschaft und wahrem Künstlertum. Ich, sagte Robert, ich werde mich aus mir selbst schaffen und koste es mein Leben!
Ein kühler Wind kam vom Flusse her. Sie fröstelte und zog ihr Tuch fester um die Schultern. Warum nur kamen ihr wieder und wieder diese Gedanken, Gedanken, die sie fürchtete, warum dachte sie nicht an Zukünftiges, an die nächsten Konzerte, wie sie sich in der neuen Wohnung in Berlin einrichten wollte, einfach an praktische Dinge des Lebens, zum Beispiel an das Angebot, nach Frankfurt zu gehen, um endlich als Lehrerin zu arbeiten und mit dem Herumreisen aufzuhören. Warum nur gelang ihr hier beim Vater nicht, dergleichen zu denken, sondern immer nur Rückwärtsgewandtes, Altes, Vergangenes. Warum nur? Und sie fürchtete sich vor diesen Gedanken, denn in diesem Verwirrenden, in diesen Bildern schlich die Angst, ihre große Angst, an diesem Denken, diesem Grübeln und Forschen den Verstand zu verlieren. Vor nichts geriet sie, das fühlte sie, seit sie hier beim sterbenden Vater war, mehr in Panik und Entsetzen als der Angst, auch ihr könnte der Verstand verloren gehen, sie würde in den Wahnsinn kommen, wie Robert, wie Felix, wie …
Frau Schumann, das Omelett! hörte sie Ernestine rufen. Entschlossen wandte sie sich um und trat ins Haus. Am Treppenaufgang wäre sie beinahe mit dem Doktor zusammen gestoßen, der herab kam und im Laufen versuchte, den Verschluss seines Arztkoffers zuzudrücken. Gut, dass ich Sie noch treffe, gnädige Frau Clara, rief er hastig, ihr Herr Vater hat ein kräftiges Herz. Es wird dauern, vielleicht erholt er sich auch, was ich offen gestanden nicht glaube. Leber und Niere, auch die Verdauung, alles arbeitet nicht mehr richtig. Geben Sie ihm alles, wonach er verlangt. Sollte er morgen früh dazu aufgelegt sein, so setzen Sie ihn in den Rollstuhl, den ich vor ein paar Tagen herbringen ließ, und fahren ihn an die frische Luft. Das könnte ihn kräftigen. Ja, bestimmt wird es das! Sein Geist ist leicht getrübt, er phantasiert. Doch das ist normal in seinem Zustand … Der Doktor unter-

brach seine Rede, blickte Clara verlegen an, zuckte bedauernd die Achseln, fuhr aber nach kurzer Pause fort: Gerade sprach er, als ich wegging, wieder mit seinen Schülern und den Stiftungsgründern. Überhaupt, die Stiftung scheint ihn enorm zu bewegen. Also, Frau Schumann, morgen bin ich wieder da, wenn nicht … wieder brach er ab, schlug sich mit der flachen Hand gegen die Stirn: Was bin ich doch für ein ungehobelter Kerl! Verzeihen Sie mir. Leben Sie wohl!
Clara lächelte zerstreut, blickte dem Davoneilenden nach, und noch als die Tür längst geschlossen war, stand sie so zur Tür gewandt und sah in Gedanken den Arzt, wie er diese Tür, die ins Leben, in die normale, sich weiter drehende Welt hinauszugehen schien, hin zum träge fließenden Fluss, wie er diese Tür also geöffnet, in die sternenklare Nacht hinaus getreten war, und sie dann leise ins Schloss gezogen hatte. Clara seufzte, stieg, ihren Rock raffend, die Treppe zum Vater hinauf.
Oben traf sie Ernestine, die, auf einem Schemel hockend, dem Sterbenden Bissen für Bissen, mit einem kleinen Löffel, das Omelett in den zahnlosen, schlaffen Mund schob. Der Vater blickte abwesend vor sich hin, ab und zu tropfte Speichel, vermischt mit kleinen Brocken der eben in den Mund genommenen Nahrung auf einen Leinenlatz, der ihm umgebunden war. Doch er schluckte tapfer und es schien, als strenge er sich an, diese Leistung zu vollbringen, als erfülle er eine Pflicht, die von ihm erwartet wurde. Ernestine sprach zu ihm wie zu einem Kinde, lobte ihn für jeden Happen, und Clara erstaunte, wie still er dies ertrug, er, der früher vor Selbstbewusstsein zu bersten schien, der nie zugelassen hätte, selbst, als er krank gelegen, dass er wie ein Hilfebedürftiger gepflegt wurde. Er wäre selbst Mann genug, er brauche niemanden und nichts, hatte er damals gesagt. Auch, als er in den dreißiger Jahren seine Gallenanfälle bekommen und tagelang von Suppe und Haferschleim leben musste, selbst da wehrte er jede Nachsicht, jedes Mitleid ab. Und nun saß er folgsam und schwach,

wie sie sah, ohne Gegenwehr, einem kleinen Kinde gleich, in seinem Stuhl, ließ sich füttern, war willig und still. Clara hatte sich ihm gegenüber gesetzt und die Hände gefaltet in den Schoß gelegt. Sie wusste nicht, was sie tun sollte, wie lange sie bei ihm sitzen würde, ob sie die Nacht durchwachen oder Ernestine sagen sollte, sie möge den Vater zu Bett bringen. Sie wusste nicht, was sie mit ihm reden könnte, was er verstünde und was nicht, was ihn erregen, was ihn beruhigen würde, ob sie ihm auf dem alten Flügel, der hinter ihr in einer Ecke mit einem großen Tuch bedeckt schweigend stand, etwas vorspielen sollte. Und wenn sie sich ans Klavier setzte, was würde sie vortragen. Etwas eigenes, etwas von Robert, eine Beethovensonate oder eines ihrer Bravourstücke, vielleicht von Herz oder Clementi, die sie auf den Reisen mit dem Vater wieder und wieder hatte spielen müssen. Sie war unschlüssig und ratlos, und in ihr war eine große Traurigkeit, eine alles verzeihende Liebe mit diesem sterbenden Mann, ihrem Vater. Diese Trauer füllte sie aus, drang in jeden Winkel ihres Bewusstseins, wie ein schwebender, schwerer, alles bedeckender Nebel. Und doch vermochte sie nicht zu weinen. Sie spürte, wie ihre Augen brannten und trocken waren, wie ihr Herz raste und hämmerte. Und auf ein Mal kamen ihr aus dem Innern zweiflerische, ganz andere Gedanken, ach hätte sie die doch hindern können. Es stiegen aus den Tiefen ihrer Seele plötzlich Roberts Worte zu ihr auf, Worte, die sie jetzt nicht denken wollte, die aber dennoch wie trotzige kleine Ballons davonflogen, Worte, die er einmal, den Vater betreffend, zu Papier gebracht hatte, Worte, mit denen zum ersten Mal ihr Widerstand gegen den Vater erweckt worden war: »Oh Meister Raro! Ich erkenne dich. Dein Treiben ist weiter nichts als jüdisches Benehmen, deine Begeisterung nichts, wenn sie kein Viergroschenstück in der Tasche herumdrehen kann, dein feuriges Auge ist nicht ruhig, denn es schielt nach der Geldkasse. Selbst deine Liebe zu Clara ist nicht rein. Du benähmest dich wie der erbärmlichste der Schurken, hätte Clara kein Talent!« Und in ihr war plötzlich das Verlangen, sich an den Flügel zu setzen, um die *Davidsbündler Tänze*, gerade diese Stücke, die der Vater so gehasst hat, zu spielen, und in ihr klang Roberts Stimme: »Versammelte Davidsbündler, Jünglinge und Männer, die ihr totschlagen sollet die Philister, musikalische und sonstige! Diese Dutzendtalente, die geschickten Vielschreiber und die, für welche die Kunst nur ein Spiel ist oder ein Geschäft und nicht das Echo der großen Lebensfragen! So fasst euch an den Händen, Davidsbündler, und tanzet, tanzet, tanzet!« Warum, so fragte sie sich jetzt, dem Vater gegenüber sitzend, kommen mir in seinem Angesicht diese aufrührerischen trotzigen Gedanken, warum kitzelt es mich, ihn zu reizen, selbst jetzt noch, da er stirbt; warum kann ich nicht bei der Liebe zu ihm bleiben, dachte sie, und bei dem großen Mitleid, das er verdient. Hat er mir nicht sein Leben geweiht, wie er früher öffentlich und mit Recht gesagt hat, dachte sie, hat er mit mir nicht sein Vermächtnis erfüllen wollen, das er glaubte dem Meister versprochen zu haben. Mit mir, seinem Geschenk Gottes, wie er gesagt hat. Ich Undankbare! Warum leide ich immer wieder unter dieser Kälte des Herzens, auch manchmal mit Robert ist das so gewesen, diese Kälte, gegen die ich nicht ankomme, dachte sie, die mir wie mit Eis das Herz abkühlt. Und wie leidenschaftlich dagegen ist Robert gewesen, wie hat er in seine Kompositionen, in sein Spiel, kaum saß er am Klavier, sein heißes Blut gegossen, dass es zwischen den Tasten hervorzuquellen schien, wenn man seine Stücke spielte, und wie brav und mechanisch klingt das, was ich meine Kompositionen genannt habe. Ja, all meine Stücke taugen nichts. Vielleicht die *fis-Moll Variationen Opus 20* über Roberts Grundthema sind gelungen. Die will ich gelten lassen. Eine Ausnahme. Ach, es war der letzte Geburtstag Roberts vor dem großen Unheil, und ich schenkte ihm diese Noten. Vielleicht würde er daran gesund, dachte ich damals wie ein Kind. Meine ganze Liebe und Heilkraft, erinnerte sie sich jetzt, wollte ich in diese

Töne senken, ich weiß noch den Tag, die Stunden, als ich am Klavier saß und schrieb und schrieb und die Töne anschlug, wie wunderbar leicht wurde mir dabei. Auch Johannes muss dies gespürt haben, denn er hat dieses fis-Moll-Thema ja später aufgegriffen und selbst darüber variiert, der Unglückliche. Um sie mir zu schenken! Ein Kreislauf. Ein Liebeskreislauf aus Tönen. Wie lange ist dies her? Doch meine anderen Stücke sind fade, mechanisch, monoton und dünn im Inhalt, aber meistens bombastisch in der Form. Stücke der ewigen Klavierspielerin, der Interpretin, des Automaten, der Benutzten. Kommt es daher, dass ich allzu sehr nur die Wirkung liebte, die ich mit dem Klavier erzeugte, dieses Feuerwerk des Technischen, was des Vaters Liebstes war und auch mir mit der Zeit der bequemere Weg zum Ruhm gewesen ist. Bin ich vielleicht doch Spalanzinis und des Sandmanns Puppe ein Leben lang geblieben, die ich einst im Traume war. Vielleicht, dachte Clara, und der Vater saß vor ihr mit hängendem Kopf, nachdem Ernestine das Zimmer schon vor ein paar Minuten mit dem Teller und den Schüsseln verlassen hatte, vielleicht bin ich der wahren Herzensliebe gar nicht fähig, dachte sie weiter, vielleicht bin ich weiter nichts als ein kaltes, ruhmsüchtiges Weib, das nur den Beifall, den Glanz der Kerzen in den Konzertsälen, den abenteuerlichen Glanz in den Augen des begeisterten Publikums liebt, vielleicht schlägt mein Herz in Wahrheit nur dann im Liebestakt, wenn es beim Hämmern der Tasten, beim Handüberschlag und Doppelläufen dazu erregt wird, vielleicht bin ich meines Vaters Tochter mehr als ich es jemals ahnte, als ich je zuzugeben vermochte, vielleicht ist des Vaters Augen Glitzerglanz beim Zählen der Dublonen meinem Gefühl vergleichbar, dachte sie, wenn ich mit atemberaubender Technik Hunderte Menschen in Spannung und Rausch versetzte. Oh, wie berauschte ich mich an mir selbst, welche beinahe diabolische Freude empfand ich, wenn ich oben auf dem Podium saß und die da unten, deren Gesichter ich nicht erkennen konnte, deren fliegenden Atem ich aber zu hören glaubte und ihr Herz klopfen fühlte, im Gleichklang mit meinen gespielten Rhythmen, mit den wechselnden Harmonien und den gewagten Transformationen, den Akkorden, Läufen und Trillern mitfieberten, die Luft anhielten, wenn sie sich im Himmel glaubten und auf Tausend Schwingen durch mich, ja durch mich allein. War das nicht mein schönstes Glück, dieses Gefühl, dass alles nur von mir allein abhängt und ich für die da unten wie eine Göttin gewesen bin. Habe ich dieses Besitzen-Wollen nicht vom Vater, sind wir nicht beide aus dem gleichen Ton gemacht. Bin ich also nicht wie er, und alles, was ich an ihm hasse, müsste ich bei mir selbst verabscheuen, fragte sie sich jetzt vor ihrem Vater sitzend. Und keine Träne rollte aus ihren Augen. Sie saß mit zitternden Lippen und konnte dieses Denken nicht abwehren. Und wie anders, dachte sie, wie gänzlich anders ist Robert gewesen. Wie sehr hatte er nur aus seinem Herzen gelebt, wie sehr hatte er die Musik von innen aufgesaugt und sich aus ihr und mit ihr geäußert. Und wieder dachte sie, was sie früher schon Tausende Male gewünscht hatte, dass Roberts Wesen ein Teil von ihr hätte sein sollen. Dann vielleicht hätte sie den Frieden, den sie jetzt so dringend brauchte, gefunden. Oh Robert, bitte, bitte verzeih mir …

Sie hatte, während ihr diese Gedanken gekommen waren, ihren Vater ständig beobachtet. In ihm war jetzt eine Veränderung vor sich gegangen. Er hatte den Kopf gehoben, seine Augen waren klar und hell. Clara, mein Kind, sagte er zärtlich. Wir beide gehören zusammen wie nichts sonst auf der Welt. Wir sind von gleichem Ton. Ähnlicher im Denken, in den Gefühlen, in der Liebe zur Musik, als sich zwei Menschen sonst auf der Erde gleichen. Gott will es, dass du jetzt, da ich sterbe, bei mir bist.

Clara, die kräftige Frau von Vierundfünfzig, zuckte ein wenig zusammen, war überrascht und fühlte sich wie die Zehnjährige, als sie maßlos erstaunt gewesen war, wieso der Vater ihre geheimsten Gedanken erraten, über ihre Streiche Bescheid gewusst hatte. Clara, hatte er damals streng gerufen und sie hörte die schrille Stimme noch jetzt, auch wenn du die Noten umgeblättert hast, so weiß ich, du hast diese Passage von Czerny, von der ich wollte, dass du sie übtest, wieder nicht gespielt, stattdessen mit Alwin, diesem Bengel ... sie wusste nicht mehr, was für eine Rüpelei es war, die sie gemeinsam mit dem Bruder begangen haben sollte, sie erinnerte sich nicht daran, aber das Gefühl, das Unbehagen war geblieben, der Vater hatte es erraten, so wie sie jetzt diese gleiche Reue, dieses Restchen schlechtes Gewissen verspürte, da er aussprach, was sie dachte: Wie hat er doch meine Gedanken erraten, wie kommt es, dass er in diesen Augenblicken beinahe dasselbe gedacht zu haben scheint wie ich, und sie machte einen schwachen Versuch der Ablenkung und sagte: Der Doktor Schubert hat gesagt, du hättest ein starkes Herz und alles könnte sich noch wenden.

Ja, der gute Schubert, antwortete Wieck, immer muss er Hoffnungen verbreiten. Das ist sein Beruf, aber ich fühle, wie es um mich steht. Früher dachte ich, das könnte nicht sein, man fühle so etwas wie den eigenen Tod nicht, und doch ist es so – man sieht ihn, man hört und fühlt ihn, wenn er in die Nähe kommt. Ich habe noch wenige Stunden, einen Tag vielleicht, und ich will, ich muss Abschied nehmen. Schau Clara, sagte er, dort hinten steht der alte Flügel aus der Grimmaischen Straße. Spiel mir etwas, mein Kind, spiel mir etwas, meinetwegen sogar von deinem Robert. Ja, spiel die *Kreisleriana*. Dann erinnern wir uns.

Clara erschrak. Ein kalter Schauer fuhr ihr zum Herzen. Warum die *Kreisleriana*, warum nicht die Appassionata oder die Patéthique des Meisters, oder irgendetwas anderes, Vater? Oder etwas von Weber. Den Weber nicht! rief der Alte empört. Spiel die *Kreisleriana*, Clara! Spiel das Bekenntnis deines Mannes!

Sie stand auf und gehorchte, ging artig zum Flügel, setzte sich, schlug den Deckel auf. Und während sie den gestickten Samtstreifen von den Tasten nahm, dachte sie: Das ist seine letzte Ra-

che. Bekenntnis deines Mannes! Er weiß, dass ich gerade dieses Stück so ungern spiele, dieses vorweggenommene Bekenntnis Roberts zum Wahnsinn, zu seinem Gespaltensein, und er will sich selbst bestätigen, der Vater, ein letztes, ein allerletztes Mal. Er will hören, dass er Recht hatte, damals, als er Robert verdammte. Er will sich mit seinen alten Ohren in sein Recht hineinhören. Trotz allem Frieden, der beschlossen wurde vor dreißig Jahren, trotz allem Verzeihen, liebt er es, im Recht zu sein. Immer noch im Recht zu sein! Und die Genugtuung, das Unglück vorausgesagt zu haben, dachte sie.
Dann griff sie in die Tasten. Und als sie spielte, vom ersten Takt, dem allerersten Anschlag an, fühlte sie, wie diese musikalischen Fiebernotizen sich nach ihr ausstreckten, mit langen heißen Wellen, wie die Rhythmen taumelten, die Synkopen fahrig nachschlugen, sich Ruhezonen, geöffneten Höllenschlünden gleich, beängstigend öffneten und schließlich alles wild um sie her zu tanzen begann, wie der wahnsinnige Kreisler selbst. Sie kannte jede Note, jede Phrase, das Stück war ein Teil ihrer selbst geworden in all den Jahren. Doch, so wie sie es mit heißer Gier anzog, so schreckte es sie ab. Spiel die *Kreisleriana*, ich bitte dich, so manches Mal, hatte ihr Robert geschrieben, dachte sie, während ihre Hände über die schwarz-weißen Zähne glitten, die ihr aus dem geöffneten Rachen des glänzenden Instrumentes entgegen starrten, während ihre Schultern kreisten und zuckten, sie den Körper wie unter Roberts leidenschaftlichen Händen wand und drehte. Es liegt eine wilde Liebe darin, hatte in Roberts Brief gestanden, und unser Leben, das deinige, das meinige und manche deiner Blicke sind darin versenkt. Und sie möchte singen, weinen, lachen, jauchzen und in ungezügelter Extase einen Ausritt gleich hier auf diesen Tasten unternehmen. Robert, der Hexenmeister, dachte sie, er lebt, er zuckt, er zwickt und zwackt in mir noch immer nach den vielen Jahren. Ich kann mich ihm nicht entwinden, er hält mich umfasst, und ich fühle, wie mit ihm des Kapellmeis-

ters Kreislers verrücktes Zappeln nach mir greift, dachte Clara am Flügel. Oh, diese Angst machende Furcht, verschlungen zu werden und nie wieder aufhören zu können, immer weiter spielen zu müssen, weiter und weiter, mit Drähten verdrahtet, an den Magnetisierapparat angeschlossen. Gleich werden mir elektrische Feuer aus den Fingerspitzen sprühen und in die Tasten fahren, und der Teufel sitzt neben mir in Menschengestalt, und ich selbst, obwohl Frau und Weib, ich selbst werde zu Johannes Kreisler, der den kontrapunktischen Bach spielt, ich, Clara, werde zur Kreislerin, dachte sie wie im Fieber. Und sie erinnerte sich, dass es ihr mit diesem Stück, dieser verfluchten *Kreisleriana*, immer so ergangen war. Immer wurde sie gepackt mit eisernen Griffen, der Verstand nur auf die zwingenden Töne gerichtet, nichts denken, nichts mehr fühlen, nur noch spielen, spielen, spielen und den Schluss ersehnen, da sich alles auflöst, leise die Musik mitsamt diesem Kreisler verschwindet, sich auflöst mit immer kleiner werdenden Sprüngen, wie ein sich aufzehrender, verlöschender Tropfen auf der heißen Herdplatte, und nichts wird bleiben, nur der Spuk. Ein Spuk. Ja, was bleibt, dachte sie mit den letzten ersterbenden, verschwingenden Tönen, was bleibt von uns, von mir, vom Vater. Es bleibt die zu Tönen geronnene Schwingung des Geistes. Es bleibt ein Gefühl, doch dieses Gefühl ist unbeständig und flüchtig, nur selten und immer seltener kehrt es wieder, löst sich auf wie die Kreislerschen Tontropfen, verschwindet mit uns schließlich ganz.

Der Vater hatte in seinem Stuhl ganz stille gesessen. Die Musik griff auch nach ihm, sie kräftigte ihn, bohrte und zerstörte ihn, wühlte in ihm, und er konnte sich der suggestiven Kraft nicht entziehen. Doch er wehrte sich. Nichts passt zueinander, dachte er, wenn die Töne ihm kurze Augenblicke zum Denken vergönnten, wenn er nicht wieder erregt wurde und zornig. Das sind die Schreie, das Wimmern, das weltabgewandte Summen eines Wahnsinnigen, sagte er zu sich. Dieses Tänzeln wie im Veitstanz, wie sie in den Anstalten über die Gänge taumeln. Und Clara, meine Clara, dachte Wieck, ist ihm verfallen gewesen wie eine Süchtige. Sogar jetzt noch sieht es so aus, dachte er, und blickte zur Tochter hinüber, als wäre dieser Schumann in diesem Raum, als stünde er neben ihr, betastete sie, versuchte sie zu küssen und zu umarmen. Oh, mein armes Kind, was muss sie gelitten haben. Wie sehr mag sie sich am Höllenschlund gefühlt haben, am Abgrund stehend, und diesen Menschen in ihren Armen gehalten, ihn versorgt haben, wie eines ihrer Kinder, ihn, den Hilflosen, den Wahnsinnigen, den zu Tode Kranken.

Tod? Todkrank? Und als er diese Worte gedacht hatte, der Sterbende, und als er die leiser werdenden, vergehenden Töne des Schlusses der *Kreisleriana* hörte, da wurde ihm mit einem Mal bewusst, wie es um ihn selbst stand, dass er ja selbst ein Verlöschender war, dass es nur noch kurze Zeit dauern würde, bis er selbst am Ende wäre und ihm fielen, wie seiner Tochter am Flügel, kreisende, kleiner werdende Wassertropfen auf der Ofenplatte ein, wie diese sich um sich selbst drehten, hüpften und sich dann, mit einem Mal, in einem zischendem wie irr um sich und mit sich selbst drehenden Wirbel auflösten. Und da wurde der alte, sterbende Wieck unruhig. Ihm blieb, das fühlte er, nur wenig Zeit, die er noch nutzen, noch nützlich verbringen wollte. Das wäre seine Pflicht, dachte er. Seine Schüler fielen ihm ein. Ja, von ihnen wollte er noch Abschied nehmen, er brauchte eine Bilanz, die er noch selbst mit eigener Hand, mit eigenem, zum Willen fähigen Verstand ziehen wollte. Clara, rief er also der Tochter zu, die, ihm den Rücken zugekehrt, dagesessen hatte, stumm und in sich gesunken, die plötzlich eine alte Frau geworden schien. Clara, rief der Vater mit kräftiger Stimme, komm setz dich zu mir und sei dabei, wenn ich mich von meinen Schülern verabschiede. Siehst du sie? Dort drüben am Fenster: den Bülow, den Krause, den Riccius, den Seiß und die anderen auch. Komm her zu mir, mein Kind, sagte er, und streckte die dürren Greisenarme zitternd nach der Tochter aus. Clara war langsam aufgestanden und ging jetzt mit schwerem Schritt zu ihm hin. Sie konnte die Bilder nicht wehren, wie sie ihn jetzt vor sich sah, den alten, schwachen, verwirrten Vater, wie er sie mit scheinbar letzter Kraft an sich zog und zu umfassen versuchte, Bilder, die seit Endenich vor siebzehn Jahren in ihr festgebrannt waren. Bilder des bereit stehenden Todes. Des Gevatters, dachte sie, der geduldig wartet, der aber nicht mehr zu vertreiben ist, der von seinem Opfer nicht lassen wird, ihm Zeit gibt, Zeit, die unhörbar verrinnt, unaufhaltsam, das Ende näher und näher bringt.

Auch damals hatte sie die *Kreisleriana* im Ohr, wie jetzt, klangen die Töne in ihr nach wie Sterbeglocken, auch damals versuchten ausgemergelte, sehnige Arme sie zu umfassen, auch damals hatte sie in Augen geblickt, die der Erde schon entrückt schienen. Doch damals waren es Roberts Augen gewesen. Wie ein Hündchen hatte er ihr am Finger geschleckt, den sie vorher auf ärztlichen Rat in Wein und Fruchtgelee getaucht hatte. Und damals wie jetzt überkam sie Scheu und Ekel, Ekel, sich berühren zu lassen, von Händen, von Körpern, die dem Tode nahe waren. Ekel, dessen sie sich schämte, ebenso wie vor dieser Scheu, ja, sie schämte sich dieser Angst vor der Berührung, vor Roberts Armen und Händen damals wie vor denen des Vaters jetzt. Aber sie liebte doch beide. Sie hatte Robert geliebt, unaussprechlich geliebt, bis zur Auflösung, liebte ihn noch heute, und sie liebte den Vater, hatte auch ihn immer geliebt, trotz allem. Wieso fürchte ich jetzt seine Berührung, dachte sie, warum steigt in mir Ekel hoch, wenn ich diesen hinsterbenden Körper sehe und er sich mir nähert. Warum fürchte ich, seine welken Finger an meinem Körper zu fühlen. Wieso, dachte sie, und war hilflos und voller Scham.

Meine Clara, sagte der Vater jetzt, und seine Stimme klang schwächer als noch vor Augenblicken, meine Clara, ich kenne dich … Er brach ab, vergaß, was er noch sagen wollte. Genau, wie Robert damals an diesem Schreckenstag, dachte sie jetzt, und das Herz wollte ihr vor Erschrecken stille stehen, auch Robert hatte diese Worte gesagt und dann aufgehört zu sprechen, war in Zucken und Krämpfen versunken.

Doch ihr Vater jetzt, wieder bei Sinnen, hielt sie mit seinen kalten, harten Fingern fest, es schien, als ströme ihm aus unbekannter Quelle neue Kraft zu, und er sagte: Weißt Du, mein Kind, du schwankst bei Deinem Spiele, bewegst den Körper wie eine Furie. So lehrte ich dir's nicht! Erinnerst du dich, ich lehrte, die Bewegung soll beim Klavierspiel aus den Armen, den Gelenken kommen, nicht aus dem Körper, wie es dein Robert machte und dieser polnische Franzose, der Chopin. Du solltest gerade sitzen, ermahnte ich dich, die Leichtigkeit des Spiels kommt aus der Hand, perlt aus den Fingern, rief ich dir zu. Weißt du es nicht mehr! Das ist Kunst, die Kunst der Beherrschung, mein Kind. Nein, diese Moden, die aus den 48gern kommen und neuerdings aus Frankreich, vertragen sich nicht mit meiner Technik, für die ich mich gemüht habe, die ich vom Meister übernahm und die gerühmt wurde, Clara, wie du weißt. Ja, sie wusste, wie geachtet, wie überall mit Ehren überhäuft des Vaters Klavierspieltechnik war. Doch das ist vor Jahrzehnten gewesen. Seit Liszt, seit Chopin, seit Robert Schumann und Wagner, ja auch seit Johannes herrschten gottlob andere Zeiten. Sie schwieg, spürte Ärger, versuchte sich seiner klammernden Händen zu entwinden.

Clara, Clara, röchelte der Alte. Die Rede hatte ihn zu sehr angestrengt. Heftig hob und senkte sich seine schmale Brust. Sie riss sich los, trat einen Schritt zurück. Nein, nein, bitte nicht, stammelte sie, bitte noch nicht. Jetzt, dachte sie, stirbt er, oh mein Gott. Und sie zwang mit aller Kraft andere Bilder herbei. Sie dachte an ihr Gut in Maxen, hier gleich bei Dresden, wo sie die glücklichste Zeit verlebt hatte, dachte an die Ausflüge zur Buschschenke, die sie gemeinsam mit Robert und den Kindern unternommen hatten, sah den Buchenwald des Schlottwitzer Grundes, das aufragende Schloss Weesenstein. Sah Robert, gesund und überschäumend von Kraft, sah die Kinder, Marie und Felix vor allem. Doch, sie konnte diese Bilder nicht halten, denn neben ihr rief der Alte: So setz dich doch, Clara, setz dich dort gleich neben den Bülow. Den wirst du doch kennen. Wie viele Konzerte habt ihr miteinander aufgeführt, he? Na, und du Hans, ich darf doch Hans sagen, oder willst du als Herr Hofkapellmeister tituliert werden, Hofkapellmeister, der du jetzt bist in Hannover … Wieck brach wieder ab, seine Augen schlossen sich, er glitt hinüber in sein Halbdämmern und Träumen.

Zuerst erschrak sie, die verwirrten Phantasien des Vaters, in die sich nur noch selten Inseln von Klarheit und Verstand zu mischen schienen, machten ihr Angst, ließen sie immer wieder an Robert, auch an Ludwig denken, doch dann saß sie und wartete, die Hände gefaltet. Wie lange würde all dieses dauern, sie fühlte Müdigkeit und Schwere, schaute sich um im Lampenschein. Wie lange saß sie nun schon hier, eine Ewigkeit, dachte sie. Die Uhr ging schon auf eine Stunde vor Mitternacht. Neben ihrem Vater, auf einem zierlichen Tischchen, stand eine halb offene Schachtel Konfekt. Konfekt, den er so liebte, Lübecker Marzipan mit Schokoladenüberzug. Ernestine! dachte Clara, alles lässt sie einfach stehen. Vielleicht, um selbst darin zu naschen, wenn der Alte schläft. Und Clara spürte auf einmal jenen wunderbaren Geschmack der Nascherei auf ihrer Zunge, je länger sie auf die Schachtel starrte, desto intensiver wurde er. Oh, göttliches Marzipan! Sie dachte an Kinderzeiten, an lange Zurückliegendes, wie sie heimlich ins elterliche Schlafzimmer geschlichen war, auf Zehenspitzen, mit bloßen Füßen, denn sie wusste, diese Frau des Vaters, ihre neue Mutter, liebte Naschwerk und hatte immer welches in der kleinen Kommode neben dem Bett. Eine ganze Handvoll hatte sie sich in das Schürzenkleid gesteckt, und sie hatte große Hände, Pianistenhände, wie der Vater sagte, und war dann wieder zurück in ihr Zimmer gehuscht, wo sie sorgsam, Stück für Stück, eines nach dem anderen, aufgegessen hatte, lustvoll mit der Zunge den Überzug schleckend, denn Alwin, der Bruder, sollte nichts finden. Sie wollte nicht teilen. Und vielleicht hätte er sie auch verraten, wenn er von dem Diebstahl erfuhr. Jetzt starrte sie also auf die halboffene Schachtel mit den Lübecker Köstlichkeiten, und plötzlich wurde der Drang so groß, dass sie es nicht mehr aushielt. Mit einem schnellen Schritt war sie neben dem dämmernden Vater, griff in die Schachtel, eine ganze Handvoll, wie damals, mit süßer Beute fühlte sie, setzte sich wieder auf ihren Stuhl, die Marzipanstücke in einer kleinen Mulde ihres Kleides bergend. Ein Taschentuch, dachte sie hastig, dass nichts verklebt. Auch das fand sich, in einem gestickten Beutel an ihrer Seite. Doch dann, sie konnte es nicht wehren, wanderten ihre Finger, lang und beweglich, suchend in ihren Schoß, in die kleine Mulde, wo die Köstlichkeiten lagen. Zuerst nur ein kleines Stück, ein einziges wollte sie probieren, doch, wie es sich zart und süß auf ihrer Zunge mischte, wie die Schokolade und der Zuckerschmelz ihr am Gaumen und im Mund zergingen, da verlor sie alle Beherrschung und schob hastig und dabei immer den Vater beobachtend das zweite, das dritte, schließlich alle weiteren Stücke in den gierig geöffneten Mund. Ihre Fingerspitzen befühlten das hüllende Taschentuch. Nichts mehr, ihre Beute war verbraucht. Später, unten in ihrem Zimmer, würde sie sich erinnern und erneut die Scham ob ihrer Gier fühlen und denken, wie unbeherrscht sie noch immer wäre, trotz ihres Alters, denn sie hatte sich ein zweites Mal vorgebeugt, sich vorsichtig erhoben vom Stuhl, um mit lang gestrecktem Arm und tastenden Fingern wieder zuzufassen, neue Marzipanstücke aus der Schachtel hervorzuwühlen, sie im Tuch zu bergen und das Vorgefühl zu genießen, gleich kann ich sie schmecken, diese göttliche Nascherei. Doch diesmal erwachte der Vater, aus seinen Träumen mit einem Schnarchlaut kommend. Sie war ungeschickt gewesen, der Stuhl schnarrte über die Holzdielen, rutschte ein wenig zur Seite. Der Vater öffnete die Augen, blickte unruhig um sich. Clara saß

ihm gegenüber, kerzengerade und wie erstarrt. Sie machte ein betroffenes, schuldiges Gesicht. Sie fühlte, wie ihr die Röte in die Wangen stieg. Oh, sei doch heiter, mein Kind, sagte er, was nützt die Kümmernis, schau nicht so betrübt. Man muss, das weiß ich, nach vorne schauen. Auch du, mein Kind! Dann, nach einer Pause, in der er geschwiegen und nur stumm die Lippen bewegt hatte, sagte er leise: Gerade du hättest ja auch wirklichen Grund zur Freude, wenn ich von der Erde verschwinde, und in seinen blauen Augen blitzte Ironie und Streitlust, wie habe ich dich gequält, fuhr er fast flüsternd fort. Endlich ist der alte Nörgler tot, wirst du sagen, endlich ist er fort, dieser stur an seine Theorie glaubende starre Esel ...
Oh, sag das doch nicht Vater, unterbrach ihn Clara und war den Tränen nahe, ich habe dich, das weißt du, immer lieb gehabt und dich verehrt.
Nein, nein, widersprach Wieck, starrsinnig den Kopf schüttelnd, und hob den Zeigefinger seiner rechten Hand, nein, Clara, ich weiß, dass du auch froh bist, mich nun bald los zu sein, und, wenn dein Robert noch ...
Bitte, Vater, Robert ist tot, lass doch diese alten Zwistigkeiten. Vor beinahe zwanzig Jahren haben wir hier in diesem Haus Frieden geschworen. Clara fühlte, wie ihr die Erregung das Blut aus dem Gesicht trieb.
Aber im Herzen, entgegnete der Alte unbarmherzig, mit Trotz in der Stimme, im Herzen, da ist alles noch wie vorher. Die Erinnerung fühle ich noch, und in meinen letzten Lebensminuten werde ich es immer noch spüren, als wäre es gestern, wie ich für achtzehn Tage ins Gefängnis hätte einziehen sollen, wenn da nicht meine treuen Schüler gewesen wären und eine Kaution gezahlt hätten, diese Schande, einem Vater, der immer nur das Beste gewollt hat, einem Vater diese Schande anzutun, ach ...
Er brach ab und schnaufte ärgerlich. Und auch du hast nichts vergessen, Clara, fing er wieder an, ja, das hörte ich, wie du diese

Kreisleriana spieltest, soeben dort auf dem alten Flügel, und ich hörte es nicht nur, ich sah es vor allem, ich sah es an deinen Bewegungen, diesem Schaukeln, dieser falschen Leidenschaft. Nichts war da mehr von meiner auf Logier und Beethoven gegründeten Lehrmethode, dieser wunderbaren Synthese aus Klassik und modernem Klavierspiel. Nein, der alte Vater ist vergessen, das habe ich mit Ohr und Auge nun aufgenommen, Clara!
Oh, mein Gott, Vater, so glaub mir doch! Clara hatte Tränen in den Augen, so glaub mir. Du irrst! Wir alle, Robert, ich, die Kinder, alle deine Schüler, wir haben dich immer geliebt und verehrt und wissen, was wir dir zu danken haben …
Schon gut, Clara, lassen wir das! Er winkte erschöpft ab. Er fühlte, wie ihn die alte Streitlust gepackt hatte, seine Lust, eine Sache bis auf ihren nackten Gehalt an Wahrheit und Substanz auszufechten, wie sie ihm zugleich aber alle Kräfte raubte. Nein, dachte er, wir wollen nicht streiten, es ermüdet mich und führt zu nichts. Und mit Entschlossenheit wollte er das Thema wechseln, ihm fiel seine Wachträumerei ein, in die er nun sofort wieder zu sinken bereit war. Ohnehin verschwamm ihm alles vor Augen und Verstand, ein ständiger Wechsel zwischen Träumen und Wachen, zwischen Realität und Phantasie zog ihm in bunten Bildern durchs Gemüt. Und so dachte er nicht mehr an den Streit mit Clara, hatte die Szene vollkommen vergessen, im Wechsel von Sekunden sah er wieder seine Schüler, sah sie hier in seinem Zimmer um sich versammelt …
So sagte er mit sanfter Stimme: Nun Clara, sieh doch. Sie sitzen immer noch, die Schüler. Hast du ihnen etwas angeboten? Der Krause wird hungrig sein, er ist ein Leckermaul, wie ich weiß. Gib ihm von dem Konfekt, hier neben mir.
Clara war noch erregt vom wieder aufgeflackerten alten Streit, von dem sie geglaubt hatte, er wäre ein für allemal begraben. Sie war wie benommen, müde und schlaff. So hörte sie nicht, was der Vater beinahe ohne Übergang gesprochen hatte. Der wiederholte

jetzt seine Frage: Warum bietest du unseren Gästen nichts an, Clara? Da begriff sie mit einem Mal, der alte Streit hatte aufgehört, war vergessen, er ist wieder in seinen Träumen, dachte sie, und sie fasste sich ein Herz, rief ganz schnell: Schau, Vater, ich gab ihnen schon und auch dem Krause und dem Professor Seiß. Das Kistchen ist halbleer! Und während sie dies sagte, dachte sie, wie lüg ich doch dem Alten so dreist ins Gesicht, um meine eigene Schlechtigkeit zu vertuschen. Und ihr fielen ihre Schwindeleien, die kleinen Lügen ein, die sie so manches Mal gebraucht hatte, als sie ein Kind war. Doch seltsam schnell war dieser Gedanke vorbeigezogen, denn sie freute sich. Wie rasch ihr doch das Richtige eingefallen war. Und erleichtert hörte sie, wie der Vater sprach: Ja, ich bitte dich. Sei freundlich zu ihnen, gib ihnen zu essen und zu trinken, denn sie sind meine Gäste in dieser Stunde. Sie schwieg, das Herz klopfte ihr, sie fühlte sich schuldig und froh zugleich. In den Händen das Marzipan.

Also, lieber Bülow, rief der Vater euphorisch und wieder mit Energie, erzähl mir von deiner neuen Stelle. Und er wandte den Kopf zum Fenster, dort, wo in seiner Einbildung der Kapellmeister saß. Er sah ihn genau, den Hans von Bülow. Er sah die hagere Gestalt, schon als Schüler war er ein hochaufgeschossener, schmaler Junge gewesen, er sah die dünnen rötlichen Haare, das Bärtchen am Kinn, die graublauen Augen. Du hast dich kaum verändert, sprach der Alte zu Bülow und hatte vergessen, dass er von ihm eine Antwort bekommen sollte auf die Frage nach seiner Hofkapellmeisterstelle in Hannover. Dann wandte er sich gleich weiter an Professor Seiß. Na, Isidor, rief er, welche Fortschritte macht die Rheinische Musikschule in deinem geliebten Köln. Ein bisschen Vorbild ist dir doch wohl der alte Wieck, nicht wahr?

Und in einer Art euphorischem Redeschwall, während dem Clara halb erschrocken, halb amüsiert geschwiegen hatte, rief der Vater der Ernestine entgegen, die gerade hereingetreten war: Willkommen, mein lieber Mieksch, dass auch du mich noch besuchst, ist mir eine besondere Freude: Ein Lehrer besucht einen Lehrer! Erinnerst du dich an deine erste Gesangsstunde, die du mir reifem Manne gabst? Ernestine blieb wie angewurzelt stehen, starrte ihren Hausherrn an, der wie im Fieber zu ihr sprach, starrte zu Clara, die ein fröhliches Gesicht zu machen schien. Was wird hier gespielt, dachte das wackere Hausmädchen, ein Theaterstück? Oder will der Alte seine Scherze mit mir treiben? Wie munter er noch ist, wo doch der Doktor das nahe Ende vorausgesagt hat. Also blieb sie stehen, schüttelte den Kopf, öffnete langsam den Mund, denn sie wollte den alten Wieck eigentlich zu Bett bringen, ihm Gesicht und Hände, die Füße mit einem feuchten Tuch abreiben. Deshalb war sie heraufgekommen. Und es ging auf Mitternacht. Morgen früh würde sie um sechs Uhr schon wieder aufstehen müssen, dachte sie. Doch sie schwieg und nur über ihr rundes, rosiges Gesicht huschten Schatten des Unwillens.

Weißt du noch, mein lieber Mieksch, sprach Wieck nun weiter, du hochverehrter Herr Kammersänger, wie du mir Mozarts Registerarie aus dem *Giovanni* vorgesungen hast. Hier in diesem Raum ist das gewesen, und ich saß dort an diesem Flügel. Und deine Stimmübungen, die ich morgens vor dem Frühstück abgesungen habe, probte ich, sagte Wieck, dass Klementine, Gott hab sie selig, jedes Mal ins Lachen kam. Dieses »ma-ma-ma«, »ne-ne-ne« und »lo-li-la« … Er hatte sich aufgerichtet, der Sterbenskranke, hatte die Arme unter der Brust in Sängerhaltung verschränkt, und brachte mit Anstrengung kleine, dünne Laute hervor, die ihn zu entkräften drohten.

Clara war aufgestanden, hatte ihren Vater am Kopf gestreichelt und ihn sanft zurück in den Sessel gedrückt, während Ernestine immer noch mit offenem Munde auf derselben Stelle stand und keinen Ton hervorbrachte. Plötzlich richtete er sich wieder auf, starrte mit wirrem Blick auf Ernestine, rief: Menschenskind Mieksch, wie dick du geworden bist. Ja, die Singerei braucht einen kräftigen Körper und etwas einbringen wird sie auch, ha, ha.

Da hielt es das brave Mädchen nicht mehr aus. Sie bebte vor Entrüstung: Also, verehrter Herr Wieck, ich hab Ihnen, weiß Gott, die ganzen Jahre treu gedient, fast acht Jahre sind es schon. Manches habe ich ertragen, Ihre Launen, Ihren Zorn, die Sturheit und ihr Beharren auf einmal Gesagtem, aber nun weiß ich wirklich nicht, was ich sagen soll. Zwar sagte der Doktor, Sie wären schwer erkrankt und es stünde schlimm um Sie, aber ich sehe doch, was ich sehe und ich höre noch ganz gut. Sie sind wohlauf, sonst könnten Sie nicht solche Scherze treiben. Es ist wirklich nicht recht, wie Sie mich zum Narren machen. Was habe ich mit Ihrem Herrn Kammersänger Mieksch zu tun? Ich bin die Ernestine, das sieht man doch. Schauen Sie, hier mein Haar, und sie griff sich an den Kopf, meine Figur, sie strich sich über die Schürze. Wie kann ich der Mieksch denn sein, und dicker geworden bin ich nun wahrhaftig nicht, im Gegenteil ...
Sie brach verwirrt ab, denn Clara war einen Schritt auf das Hausmädchen zugetreten, hatte wortlos auf ihren Vater gewiesen, der wieder, von einem Moment auf den anderen, in den Schlaf gesunken war und nichts von Ernestines Redeschwall mitbekommen zu haben schien, dann flüsterte Clara: Wenn er wieder aufwacht, bringen wir ihn zu Bett. Er ist so aufgeregt, findet sonst, wenn wir es nicht energisch betreiben, keine Ruhe mehr. Jetzt lassen Sie ihn. Er schläft nicht richtig, es ist nur so eine Art Erschöpfungsschlummer. Er dämmert halbwach.
Und richtig, der Vater schlief nicht, er begann jetzt, zu sich selbst zu reden. Es waren unzusammenhängende, undeutlich gesprochene Worte, die man kaum verstand: Nein, nein Frau Generalin von Levezow, hörten sie ihn sagen, mit der Theologie hab ich nichts im Sinn, Musik will ich machen, das versteht sich. Dort stehen und sitzen sie, meine Schüler, Frau Generalin. Sie werden meiner gedenken, des alten W., wie sie mich nennen, und sich an meine Strenge erinnern, an meine Festigkeit, an meine deutsche Natur, in der nichts Welsches oder Jüdisches zu finden ist, auch,

wenn man mich um- und umwendete, fände man nichts dergleichen, nein, das Jüdische, das mein Herr Schwiegersohn Robert mir vorzuwerfen beliebte, ist mir fremd. Ja, Frau Generalin, ich bereue nichts. Und selbst dem Seckendorff bin ich dankbar für die Schläge, die er mir gab, denn dadurch fand ich schneller meinen Weg. Ach, was für Prachtkerle, sehen Sie doch, sitzen und stehen hier in dieser Stube! Und er blickte jetzt wieder auf, erkannte Ernestine nicht, hielt sie für diese Frau Generalin von Levezow. Prachtkerle, sprach er weiter: Dort mein liebster Schüler, der Bülow, dann der Krause, dem ich meine Stiftung verdanke. Ja, diese Stiftung, die mir das Herz erwärmt. Neben Bülow, links, und er wies auf einen Porzellankandelaber, steht Friedrich Reichel, dann der Riccius, der Merkel. Und wer ist das, der mit dem großem Heft in der Hand? Clara, in deren Richtung er mit zitternder Hand gedeutet hatte, trat einen Schritt beiseite. Ernestine folgte dieser Bewegung mit den Augen, und das Entsetzen in ihrem Gesicht nahm deutliche Formen an. Sie konnte den Mund nicht schließen, ihr Puls raste. Danke Clara, sagte der Alte jetzt, du hattest meinen lieben Stade verdeckt. Er trägt, siehst du mein Kind, meine Schriften unterm Arm: *Clavier und Gesang. Didaktisches und Polemisches*, die ins Englische übertragen sind. Kommt, lieber Stade, tragt daraus etwas vor, oder vielleicht aus den *Musikalischen Bauernsprüchen*, die ihr auch dabei habt, wie ich sehe.

Clara blickte auf den Notenständer, auf dem die aufgeschlagenen Noten einer Beethoven-Sonate zu sehen waren. Der Notenständer Stade! dachte sie und biss sich auf die Lippen, wollte lachen und weinen zur gleichen Zeit. Ernestine neben ihr war vor Entschlossenheit, nun endlich ihren Brotherrn zum Schweigen und zu Bett zu bringen, kaum noch zurückzuhalten.

So also platzte sie mitten in die Rede des Alten: Herr Wieck, es ist gleich Mitternacht. Sie sollten sich jetzt zur Ruhe begeben. Der Doktor hat gesagt, sie brauchten ihren Schlaf, und ihre Tochter,

Frau Schumann, hatte einen anstrengenden Tag. Sie müsste gleichfalls schlafen gehen …
Soll sie doch, Ernestine, soll sie doch! rief Wieck plötzlich mit lauter Stimme. Nur Stunden noch trennen mich vom ewigen Schlaf. Geht doch alle, meinetwegen. Geht! Und was der Doktor sagt, ist mir ohnehin egal. Ist mir vollkommen »tutti«. Er lachte laut auf, lachte mit einem Gesicht wie ein Irrer. Ja »tutti«! rief er noch einmal. Dann verließen ihn die Kräfte, und er sank im Sessel zusammen, als ströme mit einem Mal alle Energie aus seinem Körper. Clara und Ernestine stürzten zu ihm hin. Vater! rief Clara. Herr Wieck! schrie Ernestine, und fügte leiser hinzu, ich geh so ungern hinaus bei Nacht. Am Tag hol ich den Doktor lieber!
Doch der Gevatter stand still und unsichtbar im Raum. Seine Zeit war noch nicht gekommen. Der Sterbende erholte sich, atmete schwer, Schweiß stand ihm auf Stirn und Oberlippe. Ja, sagte er leise und atmete schwer, ich möchte in mein Bett. Wenn ich sterbe, möchte ich im Bett sterben, wie es sich gehört. Ich bin so müde, so entsetzlich müde, so sterbensmüde …
Ich werde bei dir bleiben, Vater, sagte Clara, werde wachen an deinem Bett, die ganze Nacht. Ernestine blickte dankbar zu ihr hin, wenigstens würde sie unten ein paar Stunden schlafen können, dachte sie, dann packte sie den Alten mit geübten Griffen und trug ihn, hinüber in die Kammer, wo sein Bett stand. Mit schweren Augen und gesenktem Kopf ging Clara hinterher.
Clara wusste nicht, wann sie, am Bett ihres Vaters sitzend, beim trüben Schein einer Kerze eingeschlummert war. Sie erwachte durch Schnarchlaute des alten Wieck. Sie schaute auf sein eingefallenes Gesicht, aus dem die Nase, was ihr schon bei ihrer Ankunft aufgefallen und grotesk vorgekommen war, einsam aufragte, sie sah den hohlen Mund, der halb geöffnet war, und wieder überkam sie Mitleid und Liebe mit ihrem Vater. Gerührt dachte sie: Er schläft, sorglos und tief. Vielleicht wacht er am Morgen gekräftigt und frohen Mutes auf und sein Phantasieren hat sich

gelegt, dieser Zustand, dem Wahnsinn so nahe, dass ich jedes Mal meine Ängste bekomme und fürchte, selbst den Verstand zu verlieren.

Ach was, überlegte sie nach einer Weile, in der sie, ohne zu denken gesessen hatte, ich will mich nun auch noch ein oder zwei Stunden zum Schlafen legen. Er schläft ja ruhig und sicher. Ernestine soll bei ihm wachen. Vorsichtig erhob sie sich, ging auf Zehenspitzen hinunter. Das Mädchen machte ein unfreundliches Gesicht, als sie geweckt wurde, doch ging sie, ohne ein böses Wort, hinauf, um sich ans Bett des Sterbenden zu setzen. Ein Häkeldeckchen, das noch nicht ganz fertig war, nahm sie mit.

Clara, in ihrem Zimmer, öffnete das kleine Fenster weit, atmete tief die hereinströmende Luft. Im Osten graute bereits der Tag, es musste schon früher Morgen sein. Sie hörte das zarte Erwachen der Natur, da knackte ein Zweig, dort pfiff verschlafen ein Vogel, vom bäuerlichen Nachbarn kündete leises Kettengeklirr, das Tagwerk hatte begonnen, während vom Flusse her das gleichmäßige Gleiten und Rauschen des Wassers vernehmlich war. Es fließt das Wasser, dachte sie am Fenster verharrend, wie jeden Tag, wie zu jeder Stunde mit gemächlicher Ruhe dahin, ob wir traurig oder fröhlich sind, ob wir sterben oder geboren werden, immer fließt es, und immer neues Wasser kommt an uns vorbei, während wir doch scheinbar unverändert sind, und kaum spüren wir, dass auch wir uns ändern und altern. Und dann eines Tages, während das Wasser immer weiter geflossen ist, merken wir erschreckt: Wir sind alt. Nicht älter sind wir geworden, sondern alt, unumkehrbar haben wir die Schwelle erreicht, von der ab es in immer schnellerem Tempo dem Ende zugeht, diesem Ende, an dem der Vater jetzt, und übermorgen ich angekommen sein werden. Clara fröstelte. Sie schloss das Fenster, warf sich, wie sie war, in ihren Kleidern, die sie, seit sie das Hotel in Dresden verlassen hatte, am Leibe trug, auf das Bett und fiel sofort in einen festen Schlaf...

... Clara lag in ihrer Kammer in der Grimmaischen Straße und dachte an Scheherezade, träumte mit offenen Augen, sie läge neben ihr auf seidenen Kissen und sie unterhielten sich, sie träumte, man hätte in ihr schwarzes Haar Perlen und kostbare Edelsteine gewirkt, genau wie sie die Prinzessin Scheherezade trug, ihr Busentuch duftete nach feinstem Rosenöl, wie das der Dame neben ihr. Man hätte sie in den Harem des Sultans Harun Al Raschid gebracht, weil sie ihm vorspielen sollte, dachte sie. Roberts Papillon wollte sie spielen. Denn Robert hatte gesagt, wenn du jemals einem Sultan vorspielst, dann spiele meine Papillons. Sie mögen die Schmetterlinge. Sie sind fliegende Edelsteine. Also würde sie die Papillons spielen. Doch ihre Finger waren steif und mit Schnüren umwunden. Sie konnte sie nicht bewegen. Wer hatte mich so gefesselt, dachte sie. Sie wusste es nicht. Es musste im Schlaf geschehen sein, als man sie in den Sultanspalast gebracht hatte. Eine Dienerin kam, verneigte sich, Scheherezade lächelte, du musst jetzt spielen, der Herr hat es befohlen. Ich kann nicht, meine Finger, ich bin fest gebunden! Sieh! Die Prinzessin lächelte, zuckte mit den Schultern. Wenn du nicht spielen kannst, verliert dein Vater den Kopf. Der Sultan hält ihn im Kerker fest. Clara erschrak. Der Vater? Ich kann nicht, rief sie. Sieh doch! Die Finger! Dann muss dein Vater sterben. Clara wollte schreien, doch kein Laut kam von ihren Lippen. Sie hörte von fern den Vater rufen: Clara, Clara, hilf mir! Er rief aus dem Gefängnis. Es klang dumpf und von weit her. Clara, Clara ...
Sie erwachte. Es klopfte an der Tür. Frau Clara, Frau Clara, hören Sie? Es war Ernestines Stimme. Was ist denn, kommen Sie nur herein. Das Mädchen trat ins Zimmer, knickste artig. Frau Clara, Sie möchten zu ihrem Vater kommen. Was ist denn? Wie steht es? rief Clara ängstlich.
Nein, er ist wohlauf, entgegnete Ernestine. Er will Sie sprechen. Er fühlt sich wohl, will mit Ihnen den Tagesablauf besprechen. Und an die Elbe will er. Stellen Sie sich vor, an die Elbe! Nein,

so was. Ernestine schüttelte den Kopf, dann rief sie: Ihr Frühstück steht in der Küche. Es ist schon Viertel nach neun! Sie ging, schloss die Tür vorsichtig und leise.

Schon heller Tag, dachte Clara, stand auf und trat ans Fenster. Sie streckte sich und begann, ihre Kleider langsam und bedachtsam, eines nach dem anderen, abzulegen, um in einen bequemen Hausrock zu schlüpfen. Sie schaute in einen leuchtenden, fröhlichen Herbsttag. Es war der sechste Oktober. Vom Flusse her hörte sie laute Rufe. Spielende Kinder, die mit Steinen warfen. Sie sah den Bauersmann, wie er seine Kühe auf die Elbwiesen trieb. Eins nach dem anderen der schwarz-weißen Tiere kam unter ihrem Fenster vorbei. Clara roch den markanten Duft, der ihnen entströmte und dachte wieder an ihr Gut in Maxen, wo sie sich in der Nachbarschaft mit den Bauern immer so wohl gefühlt hatte. Dann besann sie sich, sie war hier in Loschwitz bei ihrem sterbenden Vater. Sie seufzte.

Der alte Wieck saß aufrecht in seinem Sessel. Er trug eine samtene Hausjacke und hatte Pantoffeln an den Füßen. Na endlich, rief er, als die Tochter eintrat. Wie kannst du nur so lange schlafen, Clara. Es ist ein so schöner Tag, den wollen wir einteilen, damit uns nichts verloren geht, rief er. Komm setz dich dort mir gegenüber. Also, sprach er weiter, um halber zwölfe kommen meine jüngsten Schüler, du weißt, der kleine Herrmann Lindner und seine Schwester Grete. Ich muss sie unterrichten. Das ist wichtig. Dann um zwei Uhr haben sich Alexej Lwow angemeldet, du weißt, der Quartettspieler und Violinist, den auch dein Mann und Mendelssohn so geschätzt haben, und der Pianist von Döhler. Er will sich bei mir konsultieren. Du kennst ihn.

Ja, sie hatte Theodor gekannt und auch den Russen Lwow. Doch sie erschrak, denn der Russe war schon drei Jahre tot und von Döhler beinahe zwanzig Jahre unter der Erde. Phantasierte der Vater schon wieder? War er im Fieber? Sie sah ihn forschend an. Doch der Alte wirkte frisch, seine Augen glänzten. Will er sich

einen Scherz mit mir erlauben, dachte sie. Spielt er mit uns Theater? Auch gestern schon? Hält er uns zum Narren?
Du glaubst mir nicht? hörte sie ihn fragen. Es klang misstrauisch und höhnisch. Clara schüttelte den Kopf. Doch, ja, sie glaube ihm, sagte sie. Ich sage immer die Wahrheit, rief er emphatisch, nichts als die Wahrheit. Ich bin für meine Wahrheitsliebe bekannt, wie du weißt. Hier sind die Briefe, mit denen sie sich angemeldet haben, die Beiden. Und er hielt zwei Briefe hoch, die er plötzlich irgendwo herbeigezaubert zu haben schien. Clara riss sie ihm aus der Hand. Tatsächlich, echte Briefe! Und wirklich, einer war von Alexej Fedorowitsch Lwow, dem Komponisten der Zarenhymne »Gott erhalte den Zaren!«, und der andere war von Theodor von Döhler, dem Pianisten. Doch dann sah sie die Datumsangaben. Lwow hatte seinen Brief am 17. oder 15. (genaues war nicht zu lesen!) Juli (oder war August gemeint?) des Jahres 1840 geschrieben. Darin stand, er bedanke sich für Roberts (!) Vermittlung eines Quartettabends in Leipzig und bitte seinen alten Freund Wieck, wie er den Vater nannte, diesen Dank an seinen Schwiegersohn freundlichst weiter zu geben.
Theodor von Döhler hatte seinen Brief im Jahre 1843 geschrieben (Monat und Tag waren nicht zu erkennen). Er hatte darin sein Kommen angekündigt und von einem musikalischen Abend gesprochen.
Clara zitterte, legte die Briefe weg. Na, rief der Alte, da staunst du? Man vergisst mich nicht. Den alten W. behält man im Gedächtnis. Sicher hat Lwow, der alte Wichtigtuer, schon am Hof in Petersburg von mir gesprochen. Er hat ja beste Beziehungen zum Zaren. In das Russische werden sie meine Claviertheorie übertragen. Meine Worte im Russischen. Stell dir das vor? Ja, ins Russische. Also, diese Herren kommen heute nach dem Mittag, fuhr der Alte in wichtigem Ton fort. Ich bitte dich, spiel etwas, mit Lwow zum Beispiel, eine Sonate vom Meister, und mit Döhler könntet ihr vierhändig Piano spielen, meinetwegen Mendelssohn,

wenn du willst. Clara schwieg. Warum nicht Mendelssohn? fragte der Alte nach. Ja, Vater, sagte Clara und senkte den Kopf.
Oh, mein Gott, dachte sie, nein er spielt mir nichts vor. Er hat den Verstand verloren. Der Vater also auch. Alle werden sie wahnsinnig. Ausgerechnet der Vater in seinen letzten Stunden. Oder er bleibt noch länger am Leben und das Martyrium dauert fort. Oh, wenn ich doch nur fliehen könnte. Fort, nur fort. Und sie stellte sich die Elbfähre vor, sah, wie der Wasserstreifen zwischen dem Loschwitzer Ufer und der Fähre, die der anderen Elbseite unaufhaltsam zustrebte, größer und größer wurde. Nein, sie würde sich nicht umblicken. Fliehen, ach nur fliehen! Doch, im selben Augenblick wusste sie, so würde es nicht werden. Sie würde hier bleiben, beim Vater, bis zum Ende, und wenn es nicht heute, sondern erst morgen oder in einer Woche wäre. Ja, sie bliebe. Trotzdem! Sie fühlte ihr Herz rasen und einen ziehenden Schmerz im linken Arm.
Doch bis es soweit ist, liebste Clara, hörte sie den Vater sagen … Sie stutzte, überlegte und war erleichtert. Ach, er meint seinen Besuch, redet von seinen erwarteten Gästen, dachte sie … möchte ich mich im Freien noch ein wenig kräftigen, sprach Wieck weiter: Der Doktor hat so einen praktischen fahrbaren Stuhl gebracht. Da kann ich sitzen, und man fährt mich umher. Du weißt ja, die Beine! Sie wollen nicht mehr. Das Stuhlgefährt ist sehr bequem. Ernestine wird uns begleiten. Ruf sie, wir wollen nun an die Elbe. Clara nickte stumm, ging hinunter. Sie hatte noch keinen Bissen gegessen, und neu ankleiden müsste sie sich auch. Die Leute draußen würden sie sehen.
Nach einer Viertelstunde war es dann soweit. Ernestine und Clara hatten den Alten mit einiger Mühe in den fahrbaren Stuhl gehoben. Sie hatten ihm eine Decke auf die Knie gelegt und fuhren nun, die eine am linken Haltegriff, die andere am rechten, aufmerksam bemüht, das Schwanken des leichten Gefährts auszugleichen, das das grobe Pflaster verursachte, den leicht abfal-

lenden Weg zur Elbe hinunter. Die Sonne strahlte, die Luft war weich und warm, obwohl sich, je näher sie dem Flusse kamen, ein kleiner Luftzug verstärkend bemerkbar wurde. Einige Nachbarn, die vor ihren Häusern oder in den Gärten davor standen und sich unterhielten, verstummten beim Näherkommen des seltsamen Rollstuhles. Sie neigten die Köpfe, grüßten mit Ehrfurcht und Scheu. Man kannte den alten W., wie er auch hier hieß, und man wusste, es stünde schlecht um ihn. Dieser aber reckte den Kopf so gut es ging, hob schwach die Hand und winkte wie ein vorbeifahrender Monarch. Zur Seite hin, auf der Clara ging, nuschelte er und der Sarkasmus war unüberhörbar: Siehst du, wie man an mir Anteil nimmt. Ein vorweggenommener Leichenzug! Clara schwieg. Sie dachte an anderes. Die Luft, die freundliche Sonne hatten sie verführt, an weit Zurückliegendes zu denken. Ist es nicht so, dachte sie wie zur eigenen Bestätigung, dass einem bei einem Licht, bei einem schönen Sonnentag, bei einem Geruch, der einem in die Nase steigt, alte, fast vergessene Gedanken aufsteigen und in einem Gefühle herbeigezaubert werden, wie man sie einstmals erlebte, als es ebenso gerochen hatte, als einem die Sonne ebenso das Gesicht erwärmte, als die Vögel genauso trällerten und selbst die Menschen das nämliche Lächeln zeigten. Und sie dachte an den Herbst vor dreiunddreißig Jahren, an ihr Hochzeitsjahr, als sie in diesem Herbst ihre ersten eigenen Lieder komponiert hatte, die sie dann zu Weihnachten Robert schenkte, auch da war solche Luft und solche Sonne gewesen, und ihre Brust war erfüllt von Liebe, Sehnsucht und Verschmelzung mit ihrem Mann. Sie dachte an ihr gemeinsames Doppel-Opus, ihr Opus 12 und Roberts Opus 37, mit Liedern, die so eins miteinander waren, dass sie von vielen nicht auseinander gehalten werden konnten. Es hob sich ihre Brust und sie hätte singen mögen, während ihr diese Erinnerungen herbeiflogen, einem fröhlichen Vogelschwarm gleich, der ein paar Meter weg von Busch zu Busch hin zum Flusse flatterte, doch zugleich schämte sie sich dieser

Gedanken. Warum mir das in den Sinn kommt, dachte sie, den sterbenden Vater zur Elbe schiebend. Sie biss sich auf die Unterlippe und hörte, wie Ernestine zum Vater ermahnend sagte: Sie müssen schon ruhig sitzen, Herr Wieck, der Weg ist gar zu holprig. Wir könnten Sie umstürzen!
Es waren nur noch ein paar Schritte bis zum Ufer. Sie blieben stehen. Der Alte sah auf das Wasser und dachte, wie hab ich mich in diesen Fluss verliebt, damals als ich her zog, hier in meine Sommeridylle, da war ich fasziniert, und wie liebe ich ihn noch, die ganze lange Zeit bis heute. Und nun werde ich niemals wieder hinüber kommen an die altstädtische Seite. Seine Augen versuchten, das jenseitige Ufer auszumachen, doch er sah nur einen grünen Schattenstreifen. Die Bilder verschwammen ihm, als er versuchte, deutlicher zu sehen. Er gab es auf, senkte den Kopf, schloss die Augen. Auch Clara starrte dort hinüber, an das Blasewitzer Ufer, sah ein paar Schwäne, sah Kinder mit Stöcken aufs Wasser schlagen, hörte ihr Schreien und, obwohl sie sich wegen dieses Gedankens sofort verfluchte, dachte sie, wenn ich erst wieder dort drüben bin, dann hat mich das gewöhnliche Leben wieder, dann muss alles weitergehen, als wäre nichts geschehen. Doch kann es weitergehen, dachte sie. Kann es ohne ihn gehen als wäre nichts passiert? Er hat doch zu mir gehört wie ein Teil meines eigenen Lebens. Ich fahre zurück, konzertiere wieder, lebe mit den Kindern und den Enkeln, vielleicht unterrichte ich auch wie er. Und wenn ich hier in Dresden bin, besuche ich sein Grab. Oh, mein Gott, wie grausam ist dies alles. Sie spürte eine Träne, die zugleich mit dem wieder stärker werdenden Lufthauch gekommen war.
Plötzlich hörte sie neben sich ein fröhliches unbeschwertes Kinderlachen. Ach, Herr Wieck! hörte sie, Sie sind wohlauf und hier unten an der Elbe. Bleiben Sie nur nicht zu lang. Noch vor dem Mittag haben Grete und ich bei Ihnen Unterricht. Es war der kleine Herrmann Lindner, der das rief. Schauen Sie, Herr Wieck,

lachte er und bückte sich neben dem Rollstuhl nach einem flachen Stein, schauen Sie, was ich kann. Und er warf den Stein mit Geschick in den Fluss, so dass er Sprünge machte, das Wasser berührte und immer weitersprang, bis er schließlich in die Fluten tauchte und verschwunden war. Soll ich noch mal?
Nein, Herrmann, entgegnete Wieck, der wieder wach geworden war, dein Handgelenk brauchst du fürs Klavier. Wo ist denn Grete, deine Schwester? Die kommt gleich, sagte der Junge. Sie übt noch, weil sie bei Ihnen nach Lob strebt. Und du? fragte Wieck. Ich kann die Etüde, die Sie mir aufgaben, schon aus dem Kopf! Der Kleine war stolz. Darf ich nicht doch noch einen Stein werfen?
Nein, Herrmann!
Und zu Clara gewandt sagte der Alte: Komm, wir wollen zurück, du siehst, es ruft die Pflicht. Außerdem fröstelt mich ein wenig.
Aber, es ist doch heute so warm, Vater, beinahe zu warm für einen Oktobertag, antwortete Clara.
Nein, nein, wir wollen zurück. Es ist kalt, und ich muss unterrichten! Und sein Gesicht nahm einen entschlossenen, beinahe zornigen Ausdruck an.
Und so wanderte die kleine Gesellschaft zurück zum Wieckschen Haus, voran der kleine Herrmann, der mit einer Gerte, die er aus einem Gebüsch gebrochen hatte, sausende Hiebe in die Luft schlug. Er hätte zu gern noch ein paar Steine in die Elbe geworfen, und er wusste, gleich nach der Unterrichtsstunde würde er wieder hinunter ans Ufer gehen. Es war ein zu schöner Tag. Als man vor dem Hause ankam, wartete dort schon die Grete, einen Packen Noten unter dem Arm. Sie knickste vor dem alten Wieck, der müde lächelte und das Mädchen besah. Sie ähnelt sehr meiner Clara, als sie zehn oder elf Jahre alt gewesen war, dachte er, das Schwarz der Haare, die Zöpfe, die schmale Gestalt mit den langen Armen und kräftigen Händen. Pianistenhände sind das, dachte er, sie wird es weit bringen, und Talent hat sie mehr als ihr

kleiner Bruder. Und natürlich auch viel mehr Fleiß! Auch Clara sah, wie ähnlich ihr das Kind schien. Mein Ebenbild! Die Haare, die Gestalt, vielleicht bin ich ein wenig kräftiger gewesen. Vater Wieck, sprach jetzt die Grete, ich habe mich für heute gut präpariert. Den Clementi spiel ich ohne Fehler und auch die chromatischen Tonleitern und Fingerübungen machen mir fast keine Mühe mehr. Wir werden sehen, und vor allem hören, mein Kind, sagte Wieck, während er aus dem Rollstuhl gehoben und von Ernestine und Klara gestützt auf die Haustür zu trippelte. Ernestine flüsterte Clara etwas zu und öffnete die Tür, ließ den Alten dabei einen Moment los: Wie oft habe ich ihm gesagt, er soll im Erdgeschoss wohnen, in diesem Zustand. Aber er will einfach nicht. Wieck, der kaum etwas gehört haben konnte, zischte: Ernestine, was schwatzen Sie. Bringen Sie mir sogleich eine Wärmflasche, wenn ich oben bin. Die Füße sind so kalt, dass ich sie kaum noch spüre. Wortlos hakte das Mädchen den Alten unter und trug ihn mehr, als dass er selbst ging, die steilen Stufen nach oben.
Als Clara die Tür hinter sich schloss, hörte sie die Loschwitzer Kirchturmuhr schlagen. Sie zählte mit. Es waren elf Schläge.
Als sie oben ankam, saßen die Kinder bereits am Flügel und warteten. Vater, soll ich bei dir bleiben, jetzt, wenn du unterrichtest, fragte Clara. Ach nein, sagte Wieck und rutschte sich ächzend im Sessel zurecht, komm nur dann wieder herauf, später, jetzt will ich erst einmal repetieren und hören, was sie gelernt haben. Jetzt geh einstweilen, hilf Ernestine oder tu, was du magst. Er hob die Hände, tat, als gäbe er einen Einsatz, blickte streng und konzentriert zu seinen kleinen Schülern hin. Nun also, Herrmann spiel du zuerst deine Übungen, rief er. Du weißt, deine Hände sollen dabei gedehnt werden. Die Dehnung ist das wichtigste. Die Akkordpassagen also bitte. Ich höre.
Clara ging leise hinaus, stieg die Treppe hinab und hörte den kleinen Herrmann Lindner, wie er die Kadenzharmonien griff, mühevoll, wie sie vernahm, und nicht mit ganzem Willen. An der

Küche vorbeigehend rief sie Ernestine zu: Ich schreib nur rasch ein paar Briefe! Wenn Sie mich brauchen, ich bin in meinem Zimmer!

Irgendwo im Haus schlug eine Standuhr zweimal an. Es war eine halbe Stunde vor Zwölf.

Clara setzte sich an den kleinen Nussbaumtisch, leise hörte sie von oben die Töne der Klavierübungen. Sie war beruhigt, solange sie diese Töne hörte, schien es dem Vater gut zu gehen. Er unterrichtete, also lebte er. Doch, während sie den unbeschriebenen Bogen zurechtlegte und die Feder eintauchte, kam ihr wieder dieses Angstgefühl, das sie nicht verlassen wollte und das sie urplötzlich unten am Fluss angesprungen hatte, ja angesprungen, dachte sie, und das mich umklammert hält mit kaltem Griff. Sie riss sich mit Anstrengung los von diesen Gedanken, tauchte die Feder wieder in das kleine Fässchen: Lieber Ferdinand, schrieb sie, wir sollten nicht so ... – aber es wollte ihr kein rechtes Wort gelingen. Freilich war sie wütend auf Ferdinand wegen dieser Heirat, aber die Stunden hier beim Vater hatten sie milde gestimmt. Warum sich das Leben beschweren, warum einander quälen, dachte sie, legte die Feder weg, stützte den Kopf in die Hände, wir sollten einander lieben, wir gehören zusammen. Auch um Felix würde sie sich kümmern, ihn zur Kur schicken, vielleicht nach Montreux, und Julie ist zum dritten Mal schwanger. Sie hat eine so zarte, anfällige Konstitution. Warum nur ist sie so weit weg, wie soll ich ihr helfen.

Da, während sie so saß und in Gedanken war, hatte oben das Klavierspiel aufgehört. Es war ihr nicht gleich aufgefallen, doch jetzt hörte sie, fühlte sie die Stille, und in ihrem Herzen war Stechen und dumpfes Krampfen. Es ist so still. Der Vater! dachte sie mit Entsetzen. Im selben Moment hörte sie Geschrei und Weinen, und polternde Tritte, die die Treppe herabkamen. Sie stürzte hinaus und stieß mit Ernestine zusammen. Der kleine Herrmann kam auf sie zugerannt, hinter ihm seine Schwester. Beide in Trä-

nen und mit Angst in ihren Kindergesichtern. Frau Schumann, Ernestine! schrie der Junge, ich habe das Fis nicht mit Absicht falsch gegriffen, es war ein Versehen. Nicht mit Absicht, wiederholte er. Das Fis war wirklich ohne Absicht!
Was ist denn geschehen? So sprecht doch. Aber die Kinder weinten, ihre Gesichter, ihre Münder zuckten, es liefen ihnen Tränen über Wangen und Kinn. Schließlich brachte Grete unter Schluchzen hervor. Der Herrmann habe die Passagen gespielt, sagte sie weinend, und statt des F ein Fis gegriffen. Da habe der Vater Wieck laut aufgeschrien, habe die Hände vors Gesicht genommen: Nicht Fis, das F musst du spielen, unglücklicher Bengel! habe er gerufen und dann sei er zur Seite und von seinem Stuhl zu Boden gestürzt. Jetzt liege er oben auf den Dielen und rühre sich nicht mehr. Oh, Frau Clara, riefen die Kinder, ist er tot, unser guter alter Vater Wieck?
Die Frauen hasteten nach oben. Clara sah ihn liegen und wusste sofort, nun ist er tot! Mein Vater tot, oh Gott. Der Alte lag auf der Seite, das Gesicht dem Fenster zugekehrt. Und als sie ihn dann in seinen Stuhl gehoben, Clara und das Mädchen Ernestine, die leichenblass geworden war, als sie ihn, den leblosen Friedrich Wieck, mit Mühe wieder in den Sessel gesetzt hatten, da zeigten die Züge des Toten, blicklos zwar, eine seltsame Mischung aus Zufriedenheit und Würde.
Clara aber ging zum Flügel, dessen Deckel offen stand, schlug einen Akkord an, schloss den Deckel, lauschte dem nachhallenden Klang und stieg wortlos die Stufen hinunter. Sie öffnete die Haustür, sah, roch, spürte den heiter warmen Herbsttag, setzte sich auf die hellen Sandsteinstufen vorm Haus und brach in lautes, hemmungsloses Weinen aus.

AM ENDE WAR ALLES MUSIK
Eine Johannes-Brahms-Novelle

Es waltet in jeder Zeit ein geheimes Bündnis verwandter Geister.
Schließt, die Ihr zusammengehört, den Kreis fester!
Robert Schumann (1852)

Die Gipfel, blaugrau und schwimmend im Schleier des emportauchenden Morgens, glühend umflammt an Rändern und Spitzen, oben in den Wipfeln der Tannen sanft wippende Zweige vom südlichen Wind. Und zaghaft drang nun vom Walde her ein allererstes Singen: die Vögel begrüßten, einer nach dem anderen, den erwachenden Tag; duftend nah leuchtete die Bergwiese, nass und fett vom glänzenden Tau – dieses mit allen Sinnen zugleich nahm der einsame Wanderer in sich auf, ein jedes für sich, doch alles zusammenfügend und im Großen vereinend, als er jetzt, den breitkrempigen Hut in der Hand, mit kräftigem Schritt ausschreitend aus dem Tal heraufkam.
Er blieb, sich verschnaufend, einen Augenblick stehen, griff mit der Linken in das graublonde Gewirr seines Bartes, fächelte sich mit dem Hut ein wenig Kühlung zu, dehnte die Brust und ließ einen Wohllaut hören, der wie eine absteigende Tonfolge klang,

dann, als ob er einem bestimmten Ziele zuzustreben hätte und dringlich erwartet würde, zog er eine Taschenuhr hervor, warf einen Blick darauf und setzte seine Wanderung fort. Und bald, nach einiger Zeit sah man diesen Mann als kleiner und kleiner werdenden Punkt auf dem gewundenen Pfad nach oben streben und sich zwischen Steinen und herabgerollten Felsbrocken nach und nach verlieren.

Wer mochte der einsame Wanderer sein, der an diesem Sommermorgen hinauf in die Berge strebte, dachten die Bauern, von denen er einzelne gesehen und die ihn, die Mütze in der Hand, mit Ehrfurcht gegrüßt hatten. Sie sahen diesen schweigsamen Mann in diesem Jahr häufig, wenn er hier oben umher wanderte, doch sie wussten nicht viel von ihm. Er wohnt unten im Tal, raunten sie, in Mürzzuschlag. Er soll, hieß es, der berühmte Johannes Brahms aus Wien sein, der Komponist und Kapellmeister, welcher das *Deutsche Requiem* geschrieben hat, und zwei, drei Symphonien.

Ein paar hatten das mit dem Requiem vom Kantor gehört. Eine Totenmesse. Doch genaueres wussten sie nicht. Außer einem leisen »Grüß Gott!« hatten sie ihn nichts sagen hören, diesen Herrn Brahms. Er sah sie, das Gesicht gerötet, mit hellen blitzenden Augen an, aufmerksam, kritisch, doch mit seltsam abwesendem Blick, als erinnerte er sich jedes Mal aufs Neue und wüsste doch nichts mit ihnen anzufangen, und dann ging er weiter, die Hände auf dem Rücken verschränkt, mit dem Hut, den diese hielten, wippend, kräftig und rhythmisch ausschreitend.

☙

Schon vor einer halben Stunde war er, dieser Herr aus Wien, an den Bauern vorbeigekommen, als diese jetzt einen eiligen, zappeligen Menschen den Hohlweg heraufkommen sahen, einen Städter, denn er trug nicht die Tracht der Einheimischen, war blass und nicht vom Wetter gebräunt, und ein Preuße obendrein, wie sie sogleich hörten, als er zu sprechen anfing. Ob sie einen Bärtigen gesehen hätten, wollte er wissen und gestikulierte mit den Armen, so als wolle er den Fremden in der Luft modellieren, einen, der mit aufgekrempelten Hosen, den Hut in der Hand, umherlaufe. Rötliches Gesicht, zumeist verschwitzt, blaue Augen! Das könne schon sein, entgegnete einer der Bauern und kratzte sich hinterm Ohr, so ein Mann wäre alleweile dorthinauf gewandert. Er hob den Arm, zeigte in die Richtung, wo man die grauen Spitzen der Fischbacher Alpen aufragen sah. Und die anderen nickten stumm, während sie den fremden Ankömmling misstrauisch musterten. Ein nervöser Mensch, dachten sie, unruhig, mit struppigem weißblonden Haar, mit Sommersprossen im Gesicht. Solche Leute gab es hier nicht. Er trug einen ledernen Ranzen auf dem Rücken und unterm Arm einen hölzernen Rahmen, der aussah wie eine Staffelei. Ein Vermesser, flüsterte der jüngste der Bauern, ein Bursche von fünfzehn Jahren, seinem Nachbarn zu, ein Vermesser aus Berlin. Nein, rief der Fremde, der dies gehört hatte. Ich bin Maler! Der Maler Enke aus Berlin, und ich suche den Komponisten Brahms. Ihn will ich porträtieren, ihm muss ich nach. Er ist der Mann, der hier vorbeigekommen. Ganz gewiss, er ist es! Vielen Dank auch! Und er eilte weiter. Die Bauern schüttelten die Köpfe, sahen ihm nach. Ein Maler also, rief der Fünfzehnjährige aus. Ein Maler und kein Vermesser. Dann nahmen die Bauern, es waren ihrer drei, ihre Sensen wieder auf, hängten sich die Lederriemen mit den Dengelsteinen um und stiegen die steile Wiese hinauf. Es würde einen guten ersten Schnitt geben in diesem Jahr und viel Heu in die Scheunen und Schauer. Pfingsten war gerade vorüber, die zweite Juniwoche hatte begonnen in diesem Jahr 1884.

☙

Inzwischen war der einsame bärtige Wanderer weiter oben am Saum des Bergwaldes angekommen. Der Pfad schlängelte sich zwischen den Bäumen am Waldrand entlang, so dass die weite bergige Landschaft mit ihren besonnten Flecken, ihren Waldstücken, den Wiesen und Äckern, den Dörfern und Kirchen zwischen den Stämmen und niedrigen Büschen hindurchschimmerte. Es war hell und roch nach dem Harz der Tannen, roch nach frischem Gras und den blühenden Brombeerhecken. Der Wanderer schritt schnell auf seinem Wege voran, zuweilen blieb er stehen, als ob er sich besinnen oder verschnaufen müsste. Dann machte er mit den Händen seltsame Bewegungen, krümmte die Finger wie beim Klavierspiel und summte vor sich hin. Beim Weitergehen senkte er den Kopf, verschränkte die Arme hinterm Rücken. Manchmal bückte er sich, zog seine Hosenbeine hoch, schlug sie um. Man sah kräftige behaarte Beine. Er richtete sich nach solcher Tätigkeit hastig auf, stemmte die Hände in die Seiten, ächzte und schnaufte und fühlte sich offenbar kräftig und wohl. Und er schien so mit sich, seinem Sinnen und Summen, dem Betrachten der Natur, seiner Wanderung beschäftigt zu sein, dass er nicht bemerkte, wie ihm dieser Maler Enke, von dem wir berichtet haben, näher und näher kam, ja ihn schließlich in ein paar Augenblicken erreicht haben musste. Und richtig, da passierte es:

Verehrter Meister, lieber Herr Brahms, so warten Sie doch, rief Enke und schwenkte die Arme. Der Angerufene blieb einen Moment stehen, wandte sich um, lief aber dann mit schnellen Schritten weiter. Man sah ihm den Ärger an. Er fühlte sich gestört. Er hatte allein sein wollen, war am Morgen aufgebrochen, um im Wald und in den Berghängen zu wandern. Seit dem ersten Tage schon, als er hier angekommen war und gleich am Abend noch vom Sulkowskischen Hause den Ölberg hinaufgewandert war, seit er am Fenster im Zug die ersten Berge gesehen hatte, seit er in den adretten Zimmern der Witwe Laschitz eingezogen und sich vom ersten Augenblick an häuslich und behaglich gefühlt hatte, da war ihm die Ahnung heraufgedämmert, hier an diesem Ort, im idyllischen Mürzzuschlag, könnte ihm wieder etwas Größeres gelingen. Hier fühlte er sich wie nirgends sonst zu Hause. Ihm war, als entstamme seine Seele diesem Hochgebirge. Und er erinnerte sich, wie er als Junge durch die heimischen Buchenwälder gestürmt war, sie mit allen Sinnen in sich aufgenommen, wie er den Duft der frisch gepflügten Äcker eingesogen, den Geruch des breiten Flusses geatmet hatte, wie er die Meisen und Finken hatte schlagen hören, damals schon hatte er sich von seinem Küstenlande hier herauf gesehnt: Mein Herz ist im Hochland! hatte er zur Mutter gesagt, wieder und wieder, so wie er diese beseligenden Gefühle in die Töne seiner ersten Klaviersonaten, in die der fis-Moll und der C-Dur Sonate nämlich, eingesenkt hatte. Daran musste er jetzt denken, auf diesem Waldweg laufend, fortstürmend vor diesem aufdringlichen Fremden. Und er hatte, während er so lief, große Angst, er könnte die ersten Töne, die ersten Melodienbögen nicht im Kopfe halten, die ersten zarten Anfänge seines neuen Werkes, die in ihm aufgezogen waren, seit er heute Morgen zu seiner Wanderung aufgebrochen war, und von denen er noch nicht einmal wusste, was es werden würde. Eine neue Symphonie, seine vierte dann, oder eine symphonische Dichtung, eine Ouvertüre vielleicht. Er wusste es nicht. Und so zitterte er vor Furcht und Erregung, sie könnten ihm vom Winde weggetragen werden, diese ersten Töne, er könnte sie mit dem Verstande nicht halten oder mit den Händen greifen, wenn sie davonflögen wie Herbstblätter im Sturm, nur weil dieser unbekannte Mensch hinter ihm herlief, ihn sogar mit dem Namen angesprochen hatte. Kennt der mich, dachte er. Ein Fremder! Wer dieser Mensch wohl sein könnte, dachte er, immer schneller und schneller dahinstürmend. Hatten ihm seine werten Freunde wieder einen dieser Journalisten auf den Hals gehetzt. Konnten sie nie das Maul halten, dachte er, konnte er nicht wenigstens ein paar Tage allein sein. Musste immer und überall bekannt sein, wo er sich gerade aufhielt, dachte er, ärgerlich schnaufend. Natürlich, Billroth und Bülow, diesen schwatzhaften Waschweibern verdankte er es, dachte er. Oder steckte gar Simrock dahinter, dem immer irgendetwas Neues einfiel. Und er suchte mit den Augen nach einem dicken Stamm oder einem Gebüsch, einem Felsbrocken, wo er sich verstecken könnte, wo er sich retten, wo er sich verbergen könnte vor diesem unliebsamen Verfolger.

Doch dafür war es nun zu spät, denn der heranhastende Enke hatte sein Opfer erreicht. So warten Sie doch, Verehrtester, rief er keuchend und völlig außer Atem. Ich will doch nichts Ehrenrühriges von Ihnen! Warten Sie, lieber Meister!

Brahms, der die letzten Meter beinahe gerannt war, blieb stehen. Auch er atmete schnell. Er fühlte, wie ihm die Schweißtropfen von der Stirn rannen, wie sein Nacken nass geworden war und die Füße brannten. Was, in Gottes Namen, wollen Sie von mir, hier um diese Stunde? So sprechen Sie!

Enke aber hob die Schultern wie zur Entschuldigung, kehrte die Handflächen nach außen, nachdem er seine Staffelei neben sich ins Gras geworfen hatte. Sein Atem pfiff. Er brachte kein Wort hervor.

Nun, mein Lieber, Ihnen ist wohl die Puste weg? höhnte Brahms, der als erster wieder zu Luft gekommen war. Reden Sie schnell, was Sie wollen. Ich hab keine Zeit für Gespräche. Ich will …, ich muss … nach Krieglach, ja nach Krieglach. Habe dort einen Termin, wissen Sie. Also reden Sie schnell.

So, nach Krieglach? keuchte der Maler. Ja, sagte Brahms, und er war froh, dass ihm das mit Krieglach eingefallen war. Vielleicht würde er diesen aufdringlichen Menschen dann eher los. Ja, nach Krieglach, wiederholte er. Und ich lüge ja nicht einmal, dachte er bei sich, ein wenig amüsiert. Nein, wenn ich das mit dem Besuch in Krieglach sage, dachte er, sage ich die Wahrheit. Denn er hatte tatsächlich vor, nach Krieglach zu wandern, um Peter Rosegger zu besuchen, was er sich fest vorgenommen hatte für seinen diesjährigen Sommerurlaub hier in der Steiermark. Nur heute hatte er noch nicht zu ihm gewollt. Heute noch nicht! Heute hatte er die ersten Töne für sein neues Werk festigen wollen. Deshalb war er hierherauf gewandert. Vielleicht in den nächsten Tagen will ich Rosegger besuchen, hatte er noch beim Aufstehen gedacht, und dabei auf das Buch geschaut, das er sich auf die Kommode gelegt hatte. Ein Buch von Rosegger, *Waldheimat* hieß es. Theodor hatte es ihm gegeben und dabei hintergründig gelächelt. Lies es, hatte er gesagt, vielleicht ist es genau das Richtige, was Du hier in der Steiermark brauchst. Es wird dir gefallen, dich vielleicht sogar inspirieren, wer weiß. Oh, dieser listige Billroth. Ärzte sind immer listig, dachte er. Und Billroth hatte richtig vermutet, denn es hatte ihm schon von den ersten Seiten, die er am zweiten Abend hier gelesen hatte, ja schon von der ersten Zeile an gefallen, dachte er. Und wirklich, es inspirierte ihn. Er hatte an seine Kindheit, seine Jugend, den Großvater in Holstein gedacht. Alles war ihm wieder vor Augen gestanden. Dieser Rosegger schrieb so, dass man sich jede Szene plastisch vorstellen konnte. Seine Geschichten wärmten einem das Herz, und sie schufen eine enge Verbindung zu diesem bergigen Land, in dem sie handelten. Wie die neue Musik, wie seine Symphonie, die er schaffen wollte, die in ihm war wie ein schlafender Riese. Genau eine solche Einheit von Natur und Kunst, auch sie gehörte hier in diese Berge. Und so hatte er beschlossen, Rosegger zu besuchen in Krieglach. Er wollte, er musste ihn kennen lernen. Doch heute, dachte er noch einmal, sollte das noch nicht sein. Heute hatte er die ersten Töne seiner neuen Symphonie oder was es auch immer werden würde in sich erschaffen wollen. Und nun brachte ihn dieser zappelige, aufdringliche Mensch, von dem er immer noch nicht wusste, was er eigentlich von ihm wollte, dazu, dass er gleich heute nach Krieglach zu Rosegger gehen müsste. Ja, plötzlich würde es durch diese Notlüge zu einer Art Pflicht, dachte er. Dieser Mensch hat mich zu dieser Notlüge gebracht, dachte Brahms, und vielleicht bleibt er auch noch in meiner Nähe, verfolgt mich weiter, passt auf, dass ich auch wirklich nach Krieglach gehe. Wartet vor der Haustür, wo ich noch nicht einmal weiß, in welchem Haus Rosegger wohnt. Ja, ich werde ihm das mit dem Rosegger-Besuch sagen, dachte er, ich werde es ihm sogleich sagen, vielleicht kehrt er um und geht zurück. Vielleicht ist in ihm noch ein Rest Höflichkeit und Zurückhaltung.

Und Brahms besann sich, dass er sich sogar auf dem richtigen Weg befand, ja, dieser Wanderpfad führte geradewegs nach Krieglach. Also sagte er laut: Ja, mein Herr, ich befinde mich auf dem Weg nach Krieglach, wo ich eine Verabredung mit Herrn Rosegger habe!

Oh, mit dem Dichter Rosegger, wie phantastisch! rief der nun wieder zu Atem gekommene Enke aus. Schreiben Sie gemeinsam an einer Oper? Brahms machte eine verächtliche Handbewegung und wandte sich zum Gehen. So warten Sie doch, Verehrter! rief Enke, ich habe mich Ihnen noch nicht einmal vorgestellt.

Nun aber schnell, mein Herr, Sie sehen doch, ich habe es eilig. Brahms war tatsächlich ungeduldig. Er wollte diesen Menschen schnell loswerden.

Ich soll Ihnen Grüße bestellen von Ihrem Freunde Simrock! sagte Enke eifrig und bückte sich nach seiner Staffelei.

Ah, der Simrock steckt dahinter. Ich dachte es mir! Brahms wirkte grimmig und wütend.

Ich bin der Maler Enke aus Berlin! Er verbeugte sich leicht und fuhr fort, ich soll, ich will ein Porträt von Ihnen malen. Zunächst eine Skizze nur. Gestatten Sie! Und im Nu hatte er Stift und Papier in der Hand und machte Anstalten, ein paar erste Striche zu zeichnen. Brahms trat einen Schritt zurück, hob abwehrend die Hand. Nein, sagte er entschlossen, ich will das nicht!

Wissen Sie, verehrter Meister, dass Sie ein ausgesprochen markantes Profil haben. Enke hielt den Block auf das vorgestreckte

Bein gestützt und zeichnete. Wirklich, ausgesprochen markant, Ihr Gesicht.
Also, das ist doch! rief Brahms ärgerlich und wandte sich zum Gehen. So warten Sie, rief Enke, immer noch in seiner Zeichenstellung verharrend. Ich meinte nur, sie hätten ein Gesicht, was sich zu Malen lohnt. Wirklich, ich kann das beurteilen! Gegen Ihren Freund Bülow sehen Sie aus wie ein Charakterkopf, und gegen Bruckner sowieso. Auch gegen den Russen Tschaikowski, obwohl der ziemlich charaktervoll aussieht. Ich habe sie alle gemalt, sie gezeichnet, ich kenne alle diese bedeutenden Musiker der Gegenwart. Glauben Sie es mir, Herr Brahms. Sie alle haben mir gesessen, im Atelier oder auch im Freien, wie jetzt Sie, Herr Brahms. Und bei Ihnen, das glauben Sie mir, da ist es eine Freude für einen Maler. So ein typvolles Charaktergesicht hat man selten vor der Staffelei. Wenn Sie noch den Bart ein wenig kürzten, dann …
Nun ist es aber genug, verehrter Herr Maler! Brahms spürte, wie eine Welle wilden Zornes in ihm aufstieg. Er hätte ihn packen mögen, diesen Herrn, und ins Waldmoos werfen. Und wie er zappelt, dachte er, selbst wenn er zeichnet zuckt sein ganzer Körper. Wie abstoßend, dachte Brahms, und dann diese Sprache, wie er »det« statt »das«, »ick« statt »ich« aussprach, wie er »mir« und »mich« verwechselte, wie »jloobe« statt »glauben« gesagt hatte. Malen Sie, wen Sie wollen, sagte Brahms, nur mich bitte verschonen Sie mit Ihrer hohen Kunst. Unten in Mürzzuschlag wohnen ein paar hübsche Ungarinnen. Die sind hier auf Sommerfrische. Diese Damen geben bessere Bilder ab als ich bärtiger alter Mann, rief Brahms dem verblüfften Enke ins Gesicht, und ergänzte grinsend »det kennse mir jlooben!« Dann drehte er sich weg und lief eilig davon, den sprachlosen Maler zurücklassend. Dieser zuckte bedauernd die Achseln und murmelte, seine Malsachen verstauend: War wohl heute nicht in der Stimmung, der Meister. Vielleicht ist er morgen, oder heute Abend schon, gnädiger mit mir.

Dann ging er sorglos schlendernden Schrittes den Weg zurück ins Tal. Dazu pfiff er ein Lied.

Johannes Brahms war mit schnellen Schritten ein paar Hundert Meter weiter gelaufen. Jetzt blieb er stehen, schaute sich um, ob der Maler auch wirklich den Weg zurück ins Tal gegangen war. Ja, dem war so, denn er sah ihn nicht mehr. Gottlob, den bin ich los, dachte er erleichtert. Aber durch das Auftauchen dieses unseligen Malers und durch den Disput mit ihm hatte er auch seine ganze Inspiration verloren. Kein Ton wollte ihm mehr herbei kommen. Verpfuscht war die Stimmung, in die er sich hineingeträumt hatte. Er ballte die Fäuste vor Zorn und Enttäuschung. Vielleicht gehe ich nun wirklich den Rosegger besuchen, dachte er. Damit der Tag noch einen vernünftigen Sinn bekommt, sagte er sich. Ja, ich gehe zu ihm, dem Dichter, beschloss er auf dem Waldweg stehend. Vielleicht freut er sich sogar, mich zu sehen. Vielleicht reden wir über Dichtung und Musik. Über ihre Verwurzelung in der Natur, in allem Natürlichen. Und zuversichtlich, beinahe fröhlich ging Brahms auf dem gewundenen, sonnigen Weg weiter. Und auch er pfiff, wie der Maler Enke weiter unten, jetzt eine Melodie. Doch während Enke irgendeinen Gassenhauer von sich gegeben hatte, kam Brahms einer seiner ungarischen Tänze in den Sinn. Vielleicht liegt es an den Ungarinnen, dachte er, von denen ich eben noch zu diesem Pinselheinrich gesprochen habe, und er spitzte die Lippen. Ach, und es sind ja auch wirklich ein, zwei Schönheiten darunter, dachte er pfeifend und kraftvoll ausschreitend, Schwarzhaarige mit feurigen Augen, wie Clara, seine Clara, damals in den fünfziger Jahren.

Er schritt weiter auf dem gewundenen Pfad. Ja, dachte er im Laufen, ich bin froh, dass ich mich für Mürzzuschlag entschieden habe. Und es wird, auch wenn ich heute oder vielleicht für kurze Zeit nichts mehr weiterdenken, keine Töne herbeizwingen kann, es wird mir hier gelingen, diese große Sache anzupacken. Diese Weite, diese Landschaft, diese Ruhe ist es, die meine Gedanken brauchen, wie junge Pflanzen, die zum Licht streben. Zum Licht streben, ja das ist gut. Ein guter Gedanke. Ich will ihn mir merken, dachte er. Und während er lief, Schritt um Schritt den leisen Wind spürte, die späte Frühlingsluft einsog, die Vögel hörte, die unbeirrt sangen, fühlte er, wie der Rhythmus seiner Schritte ihm den Takt gaben, den Grundtakt. Dieses stetige Vorwärtsstreben, einen Fuß vor den nächsten zu setzen, dieses im unbarmherzigen Weitermarschieren der Zeit beruhigende, doch gleichzeitig angstmachende Verrinnen jeder Zeit, das wollte er einfangen, als Grundelement seiner neu zu schaffenden Musik. Sie sollte weiterschreiten, die Musik, sollte künden, dass es immer weitergeht, weiter und weiter, und wir nur Wanderer sind auf dieser Erde, umschlungen von der Natur, in sie eingebettet. Doch alles Glück kann nur ein vorübergehendes sein, was wir für den Moment in den Händen halten, nur einen Augenblick, um zu sagen: Verweile doch! aber die gnadenlos weiterrinnende Zeit lässt uns keine Muse. Nirgends dürfen wir halten, nirgends ruhig veratmen. Es treibt uns vorwärts, ruhelos, heimatlos als Gäste auf diesem Planeten. Ja, dachte er, auf den Rhythmus seiner Schritte lauschend, dieses will ich zum Grundkonzept machen für die Neue, die neue Symphonie, die vierte also.

Er hatte schon am Ende des Frühlings in Wien gespürt, in diesem Jahr wird er ein großes Werk schaffen; das hatte er gedacht und war von Tag zu Tag unruhiger geworden. Wo soll ich dieses Werk formen, ich brauche die Weite, die Landschaft, die Natur, hatte er gedacht, sonst wird es nichts. Tag für Tag war er in Wien umhergewandert, durch die Gassen und Straßen, über Plätze gelaufen, nachdem er vorher am Fenster gesessen hatte, Stunden am Fenster, wie früher als Junge, bis der Drang übermächtig geworden war und es ihn hinaustrieb, es ihn hinauszog unwiderstehlich und ohne Besinnung. Dann war er gelaufen, die Hände auf dem Rücken, wie der große Beethoven. Er war in der Stadt umhergeirrt, unruhig, ohne Konzept, ohne Ziel. Ja, ziellos, wie es zu nennen wäre, war er umhergestolpert, dachte er jetzt. Die Wiesingerstraße auf und ab, den Franz-Josephs-Kai entlang, über die Donau, die Asbergbrücke hinüber, dann die untere Donaustraße ein Stück nach links, die Praterstraße hinauf, links in die Komödiengasse, die Schmelzgasse zum Katreinerplatz, wieder zurück über die Zirkusstraße zur Taborstraße, dann Straße um Straße und Gasse um Gasse hin zum Pratergelände. Wie eine Biene vorm ersten Ausflug war er sich vorgekommen. Ja, wie eine Biene, welche die Blütentracht ahnt. Und die Unruhe war immer stärker geworden. Es hielt ihn nicht in der Wohnung, auf keinem Stuhl konnte er lange sitzen. Kalbeck und Brüll, die in besuchen kamen, machten Vorschläge, auch Billroth und Bülow. Theodor hatte ihn über die Brillengläser hinweg prüfend gemustert. Werde nur nicht krank, hatte er gesagt. Dann schlug Kalbeck ihm vor, unweit von Wien, an der Fahrstraße nach Baden läge ein herrliches Waldgebiet, der Brühl bei Mödling. Dorthin könne er gehen, dort werde er Entspannung und Ruhe und die Eingebung für seine Musik finden. Man fuhr hin. Er erinnerte sich der Eisenbahnfahrt. Dieses gleichförmige Rattern, diese die rollende Bewegung unterstreichenden Geräusche, die vorbei fliegende Landschaft, die sich änderte von Sekunde auf Sekunde und niemals wiederkehrte, sondern immer neue Bilder herbeibrachte, dies alles hatte ihn in einen Rausch versetzt, und ihm waren die ersten Gedanken gekommen, wie man das neue Werk, das er schaffen wollte, aufbauen könnte. Dann waren sie schon kurz nach der Ankunft im Walde spazieren gewesen. Er, wie immer, den anderen voraus, weit voraus, die Hosenbeine aufgekrempelt, den Hut in der Hand. Und je tiefer sie in den Wald eindrangen und den Weg am Bach entlang liefen, je urtümlicher und wilder die Landschaft wurde, desto mehr griff es ihn an, dieses leidenschaftliche, die Brust krampfende Gefühl. Ihm war, als griffen große kalte Hände nach ihm, höben ihn empor und trügen ihn über die Baumwipfel hoch zu den aufragenden Felskämmen, welche die Schlucht säumten. Töne drängten auf ihn ein, schwellende, leis dumpfe Töne, von einem Cello gespielt, dann von den Geigen und Bratschen aufgegriffen, darüber schwebend eine einsame Oboe. Seine dritte Symphonie fiel ihm ein. Sie wären wie Waldidylle, die Klänge dieser Symphonie, hatte Clara gesagt, man sähe die ersten Sonnenstrahlen des Tages durch die Bäume glitzern, alles belebte sich, atmete Heiterkeit. Im zweiten Satz hörte man, hatte Clara weiter gesagt, das Rinnen des Baches, man sähe eine Badende, die sich an einer Quelle wusch, man hörte Käfer und Fliegen summen. Alle Wonnen der Natur drängten aus dieser Symphonie ins Ohr und malten Bilder in den Köpfen und hinter den Augen des Hörenden. Daran erinnerte er sich jetzt, an diese Worte, Claras Worte, die ihm dort im Walde bei Mödling wieder ins Bewusstsein gekommen waren. Er wusste, daran erinnerte er sich, während er auf dem Pfade nach Krieglach wanderte, dort an diesem Ort im Brühler Walde hatte Beethoven 1819 seine missa solemnis konzipiert. Ihm fiel ein, wie er damals auf dem Waldweg stehen geblieben war: Hier muss Schubert, hier wird Schubert seine *Müllerinnen-Lieder* geschrieben haben, hatte er den nachkommenden Kalbeck und Brüll zugerufen, hier an dieser Stelle wird es gewesen sein! Und als sie dann später, verschwitzt vom eiligen Lauf, in der Höldrichmühle um den Tisch beim Bier gesessen hatten, sich dicke Salamischeiben vorm Munde abschnitten, da hatte er lachend gesagt: Man solle eine hölzerne Tafel einschlagen und darauf schreiben: Hier hat Schubert im Jahre 1821 seine Müllerinnen Lieder geschrieben. Kalbeck lachte, das wäre nicht erwiesen, rief er aus. Ja, hatte er, Brahms, darauf erwidert, nur gut, dass man es nicht genau weiß, denn wenn in Wien überall Tafeln aufgestellt würden, wo welcher Klassiker komponiert, gesungen und gesoffen hätte, da fände man sich gar nicht mehr heraus. Oder in Italien erst, schrie Kalbeck dazwischen, ein Schilderwald wäre das, unvorstellbar. Und nun, wo er das Wort Italien gedacht hatte, auf dem Pfad nach Krieglach laufend, da musste er sogleich an seinen Aufenthalt am Comersee im letzten Jahr denken. Ja, er würde im nächsten oder übernächsten Jahr, wenn er das neue Werk beendet hätte, wieder nach Italien reisen, zur Belohnung sozusagen. Weiter hinunter aber, über Florenz nach Rom, von Neapel bis Sizilien wollte er. Oh, das freute ihn. Oh, wie ihn dies erfreute. Er verzog den Mund in krampfiger Erregung, einem Possenreißer gleich, und schnippte mit den Fingern. Aber erst müsste das Neue aus ihm heraus, müsste geformt, gefestigt und gehalten werden. Erst die Pflicht, dachte er, dann Italien.

Der Wald wurde lichter und heller, der Weg senkte sich, die ersten Wiesen leuchteten dem Wanderer entgegen, der nun zwischen den Bäumen ins Freie trat und das Dorf Krieglach mit seinen Häusern und Gehöften zum Greifen nahe vor sich ausgebreitet liegen sah. Ein großer Feldstein lockte zur Rast. Brahms breitete sorgfältig sein Taschentuch aus, setzte sich, stützte das bärtige Kinn auf seine Faust und genoss den friedlichen Anblick.

Ach, wie still es hier ist, dachte er, der richtige Fleck für erfinderische Gedanken. Doch, ich weiß schon, wenn ich darauf warte, kommt mir nichts in den Sinn. Und dann auf einmal, ungedacht und unbeachtet, schwebt eine solche Eingebung herbei und ich muss mir sagen, sie ist nicht willkommen, wie ein unerwünschtes Geschenk geradezu, denn von da ab muss ich sie durch unaufhörliche Arbeit, durch Weiterdenken verwandeln und in meinen Besitz bringen. Gott sei Dank, braucht dies nicht bald zu sein. Es kann dauern. Es keimt in mir im Stillen fort, und hab' ich so den Anfang gefunden, den Anfang eines Liedes zum Beispiel, wie in diesen Tagen den Anfang meiner neuen Symphonie, ja wie vor Stunden diese ersten Takte, dann kann ich ganz etwas anderes tun, das Buch zuklappen, aufstehen und spazieren gehen, und nicht mehr daran denken, einige Wochen lang, ein halbes Jahr vielleicht. Aber nichts wird verloren gehen, dachte er beruhigt, kein einziges Tönchen, keines der Gedankensamen, denn, wenn ich wieder darauf zurückkomme, später, in einigen Tagen, in ein paar Wochen oder Monaten vielleicht, da hat es unversehens schon Gestalt angenommen und ich kann anfangen, daran zu arbeiten. So ist es, dachte er, ja so ist es immer gewesen. Warum soll es jetzt anders sein ...

Wo er nur wohnt, der Rosegger, überlegte Brahms und besah sich die Häuser und Gehöfte von Krieglach. Vielleicht da vorn links in dem weißen Bau mit dem Natursteinsockel, oder dort drüben in dem etwas weiter ab liegenden Häuschen, oder ganz am anderen Ende des Ortes, und ich sehe es nicht von hier oben.

Er wandte sich ab, ließ den Blick zu den fernen Höhenzügen gleiten, die blaugrau am Horizont schimmerten. Dort dahinter, und dann immer weiter geflogen liegt das italische Land, dachte er, oh wie gern wäre ich dort, wie die Zugvögel über die Berge und hinab zu den blühenden Gärten Italiens fliegen, nach Siena zum Beispiel. Diese weiche Luft, der ewig blaue Himmel, viel blauer als hier, der dunkle, schwere Wein. Es ist das Paradies, man geht, man liegt, man isst, trinkt in ewigem Nichtstun, süße Erschlaffung fühlend, liebliche Musik hörend, immerwährend die marmornen Kirchen und Bildnisse vor Augen. Mit Clara auf immer dort zu sein, wie herrlich wäre das. Ja, wäre, dachte er, denn er hatte ihr immer nur beschrieben wie es wäre, was sie, Clara, empfände, was sie beide fühlten, wären sie zusammen in diesem Paradies. Ja, nur in seinen Briefen waren sie zusammen gewesen. Und er hatte, daran dachte er jetzt auf dem Feldstein sitzend, während seine Augen den Horizont zu überfliegen schienen und den Gedanken nacheilten, die längst wieder in Siena waren, ihr geschrieben, wie sehr er ihrem Herzen, ihren Augen, allen Sinnen wünschte, nur eine Viertelstunde vor der Fassade des Siener Doms zu verweilen. Schon dies allein wäre genug, genug, um auszurufen: Verweile doch, geliebter Augenblick! Und dann einzutreten in den Dom, dies wäre des Glückes Übermaß. Und so war es fortgegangen bei seiner ganzen Reise: Schönheit fügte sich zu Schönheit, Erhabenheit zu Erhabenheit, schöner Augenblick zu schönem Augenblick. Doch was ist Glück, wenn man es nicht teilen kann. Und er sah sich, jetzt auf dem Stein sitzend ein paar Hundert Meter von Krieglach weg, wieder in jener Kapelle in Orvieto vor dem Madonnenbilde knien, die Hände gefaltet. Dort hatte er auf einmal weinen müssen. Zuerst wusste er nicht, warum ihm so unvermittelt die Tränen gekommen waren, und er hatte sich vor Billroth und Nottebohm, die neben ihm stehen geblieben waren, beinahe geschämt. Doch dann wusste er es, wie er jetzt auf dem Feldstein dachte. Er hatte über seine Einsamkeit geweint, mit aller Macht war ihm vor der Madonna Claras Bild im Kopf erschienen, dieser Madonna, einer spätbarocken Arbeit, die ihm zuerst flüchtig wie eine Bekannte, dann aber mit schmerzhafter Deutlichkeit wie seine Clara vorgekommen war. Nun war es zu spät, hatte er vor der Madonna kniend gedacht, nun würde es nichts mehr werden mit einem dauerhaften Zusammenleben, mit einer Ehe, er würde allein bleiben. Briefe würde er schreiben, nur Briefe, sie würden sich manchmal treffen, würden über Musik reden, seine Musik, aber ihre beiden Leben würden sich nicht vereinigen. Er hatte sich nicht binden wollen, damals, hatte an sich und seine Werke, die er erst noch schreiben wollte, gedacht, an seine Orchesterstücke, die dem Publikum missfielen. Erst wollte er berühmt und allseits geliebt werden, hatte er gedacht. Ja, erst dies, dann das noch schreiben, jenes vollenden. Dann käme alles andere von allein, glaubte er. Aber es war nichts von allein gekommen, im Gegenteil, vertan hatte er die Gelegenheit. Und nicht eine, nein, viele Gelegenheiten. Keine Opern, keine Heirat – so hatte er kürzlich gesagt, und sich selbst damit ein Motto gegeben, das er am nächsten Tag, nachdem er es wie einen Witz ausgesprochen hatte, gehasst und verabscheut hatte, wie er sich nun vor der Madonna in Orvieto selbst hasste und verabscheute. Daran dachte er auf dem Feldstein, das Kinn auf die Faust gestützt.

Aber von dieser Madonna, die ihm als Clara erschienen war und vor der er geweint hatte, es war nun beinahe drei Jahre her, da hatte er eine Eingebung, einen Gedankensamen mitgenommen. Das wusste er, und ihm fielen wieder seine Überlegungen vom Aufkeimen ein, die er vor ein paar Minuten angestellt hatte. Jetzt, mit einem Mal ging das Samenkorn auf, ein junger Keimling kam hervor: Brahms griff ein kleines Notizbuch, das er im Jackeninneren verwahrt hatte und schrieb, einen Bleistift aus der Brusttasche ziehend, »Clara – ich male an einem sanften Porträt von Dir, was dann ein Adagio werden wird!« Er zog ein paar Notenlinien, kritzelte einige Noten darauf. Er wusste, er würde ein Streicherthema daraus machen, inniger, gewaltiger, wie niemals zuvor in der Musik ein Porträt einer Liebe in Noten gezeichnet worden war. Ja, dachte er, das könnte in den zweiten Satz der neuen Symphonie eingehen. Das könnte das Madonnenbild inmitten der ganzen prachtvollen Kapelle werden, dachte er, der Kapelle, die er mit Noten erschaffen wollte. Der Rubin, glänzend und leuchtend in schwerem blutigen Rot, inmitten der ganzen goldenen Krone, die das Werk werden würde. Oder das Hauptgebet inmitten seiner Entsagung, die er mit diesem Werk in Töne gießen wollte. Ach, wie viele Beispiele und Vergleiche ihm auch noch einfallen würden, die Hauptsache war, er würde ihr Bild und die gemeinsame ewige Liebe treffen, in Noten zeichnen, wie ein Maler. Ja, ich weiß, dachte er, so wird es Clara gerecht, und meine Schuld zugleich mit umschreiben. Er verstaute Notizheft und Stift und wischte sich dann mit dem Zipfel seines Hemdsärmels Augen und Wange. Unversehens waren ihm Tränen in die Augen getreten. Oder lag es am Wind, dachte er und lächelte über sich, denn vom Waldrand wehte es auf einmal kühl herüber. Dann stand er auf, nahm das Tuch vom Stein und ging den sanft sich senkenden Weg hinunter nach Krieglach.

☙

Wo wohnt hier der Dichter Rosegger? fragte Brahms einen der am Straßenrand spielenden Jungen. Oh, dor G'schichtenschreiber, dan meinen Sie? und er hörte schmunzelnd, wie der Bauernbub versuchte, Hochdeutsch zu reden. Er nickte und gab dem Kind ein Zuckerl. Immer hatte er Bonbons in den Taschen, seit die Kinder ihm in Mürzzuschlag immer nachliefen, er sie wie einen Schwarm hinter sich her zog; oder werde ich sie nicht los, weil ich ihnen immer Süßes gebe, dachte er flüchtig, als der Kleine seine Hand ausstreckte, um noch eines zu bekommen und auch die anderen herandrängten. Dort oben, sagte der Junge nuschelnd und schob den Bonbon mit der Zunge von der linken in die rechte Wange, dort oben wohnen die Roseggers! Er zeigte auf ein weiß gekalktes Haus mit grauem Steinsockel, das ein paar Hundert Meter im halben Hang stand. Brahms kramte in den Taschen und brachte noch ein paar Zuckerstücke heraus. Er drückte sie in die entgegen gereckten Kinderhände. Aber wascht eure Hände! rief er lachend und wandte sich zum Gehen. Sie stutzten einen Moment, die Bauernjungen, besahen ihre Hände, dann stoben sie, sich um die Bonbons balgend, davon.

Es war ein modernes, großes Haus, auf das er jetzt zuging, zwei Stockwerke hoch und im Schweizer Stil gebaut. Der umlaufende graue Steinsockel aus geschliffenem, weiß verfugtem Granit verlieh ihm etwas Würdiges, etwas Solides und zugleich Deutsches. So waren die umliegenden Bauernhöfe nicht gebaut, nur ein paar einzelne noch unten an der Fahrstraße nach Wien zeigten sich von ähnlicher Pracht. Auch der Dachschiefer kündete vom Wohlstand und dem Selbstbewusstsein des Besitzers, wie sich so viele Neubauten jetzt im Süden des nachbarlichen Deutschlands seit der Reichseinheit und dem Franzosenkrieg in dieser Weise zeigten. Das Rosegger-Haus ragte hervor wie eine kleine Burg, es reckte sich, wie eine stattliche Schönheit im Spiegel, neben den Häusern und Gehöften in seiner Nähe, die geduckt und niedrig mit Holzschindeldächern und beschwerenden Steinen obenauf in

den Berghang gebaut waren, es stand aufrecht wie der Schäfer unter den Schafen.
Brahms ging auf dem geschwungenen kiesbestreuten Weg an zierlichen Blumenrabatten vorbei, die, in den kurzen gepflegten Rasen eingebettet, kleinen Inseln glichen. Er läutete. Einen Moment fühlte er sich unbehaglich, denn er schwitzte und glaubte sich ungebührlich angezogen für solchen Besuch. Unangemeldet wie ein Bauer komme ich, dachte er. Rasch knöpfte er den grauen Überrock zu, den er sich auf den letzten Metern im Gehen übergezogen hatte, strich sich eine Falte glatt und erschrak, denn er hatte vergessen, die Umschläge der Hosenbeine wieder auszurollen. Er bückte sich. In diesem Moment wurde die Tür geöffnet und ein Hausmädchen mit weißer Haube und Schürze stand vor ihm. Er sah sie im Aufrichten vor sich, wie sie dastand mit ihren strammen Waden und dem erstaunten Gesicht.
Ist der Hausherr …? Ich wollte Herrn Rosegger sprechen, fragte Brahms unsicher, nestelte eine Karte aus seiner Rocktasche und gab sie dem Mädchen. Diese sah misstrauisch an ihm herunter, dann warf sie einen Blick auf die Karte. Ihre Augenbrauen zogen sich zusammen, dann entdeckte sie, dass sie das Kärtchen verkehrt herum hielt. Sie knickste, bat Brahms, in der Diele zu warten und verschwand hinter einer schweren, mit hölzernen Girlanden und Ornamenten verzierten Tür.
An den Wänden sah Brahms allerlei Jagdtrophäen, gekreuzte Hellebarden und nachgedunkelte Ölbilder, in einer Ecke schwere lederne Sessel, davor ein ausgebreitetes Hirschfell. Es roch nach Staub, Ölfirnis und Sommerblumen, die in einer schweren kristallenen Vase auf einem Tischchen standen. Aus einer Seitentür zu seiner Linken kam eine schmale Frau mit dunklem Haar und einem roten Häubchen. Sie trug ein Trachtenkleid. Zuerst wollte sie an dem wartenden Mann, der da, den Hut in der Hand, in ihrer Diele stand, vorbeigehen, dann jedoch begrüßte sie Brahms, warf ihm einen prüfenden Blick aus ihren schwärmerischen Au-

gen zu, und es schien dem Wartenden, als würde sie ihn im Moment erkennen, als würde sie sogleich ausrufen, oh welche Ehre, Sie hier in unserem Hause, doch sie schwieg und ging mit gesenktem Kopf von ihm weg, schloss ohne ein weiteres Wort die Tür hinter sich.

Das Mädchen erschien, hielt die schwere Tür offen. Bitte sehr, sagte sie, Herr Rosegger lässt bitten. Sie sagte das mit hörbarer Herablassung in der Stimme. Wieder fühlte sich Brahms unwohl, als er an ihr vorbei ins Zimmer trat. Es war ein großer heller Arbeitsraum, mit umlaufenden Bücherregalen, einem schweren, eichernen Schreibtisch, davor ausgebreiteten Gamsfellen und einem Klavier in der Ecke, wie Brahms sogleich sah, einem alten Instrument mit Kerzenhaltern aus Messing und kleinen Porzellanfiguren obenauf. Der Deckel stand offen, so als ob gerade jemand darauf gespielt hätte.

Der Hausherr im seidenen Morgenmantel kam dem Eintretenden entgegen. Rosegger, ein kleiner dünner Mann mit einem Kneifer im blassen Gesicht und einem schütteren Bärtchen unter der aufragenden Nase, blickte Brahms freundlich an. Ich heiße Sie bei mir willkommen, verehrter Herr, sagte er, wies mit seiner kleinen weißen Hand auf einen Korbsessel und setzte sich selbst dem Gast gegenüber, wobei er bemüht war, die Schöße seines Hausmantels nicht auseinanderfallen zu lassen. Dennoch sah Brahms magere blasse Beinchen zwischen dem Rock hervorscheinen, Beinchen, die in gefütterten Lederpantoffeln steckten.

Womit kann ich Ihnen dienen, mein Herr? fragte Rosegger und begleitete seine Frage mit zierlichen Bewegungen seiner Hände.

Brahms beugte den Kopf, als verneige er sich vor seinem Gastgeber. Es war falsch, hierher zu kommen, dachte er hastig, ich bin nicht vorbereitet. Wovon soll ich reden? Was ihn fragen, diesen kleinen Herrn Rosegger, dass ich nicht so ungebildet wirke und nichts recht aus seinen Werken weiß. Ja, was weiß ich von seinen Büchern, dachte er, während er immer noch schwieg und sich ein zweites Mal vorneigte, so als suchte er nach dem passenden Wort, kramte in seinem Gedächtnis nach einer Begrüßungsformel oder einem Kompliment, dass er dem Hausherrn zu machen sich verpflichtet fühlte. Er wusste, länger könnte er nicht schweigen, sogleich müsste er das erste Wort sagen, denn Rosegger hatte die kleine Hand an seinen Kneifer gelegt und schien das goldene drahtige Gebilde zurechtrücken zu wollen. Ein Zeichen für Unruhe und Nervosität, dachte Brahms, wie unhöflich und bäurisch ich doch bin. Und er dachte, nachdem er sah, dass Rosegger seine Karte in den Händen hielt, sie hin und herdrehte: den Namen weiß er schon! Meinen Namen muss ich ihm demnach nicht noch einmal sagen! Also sagte Brahms, er wäre jetzt für ein paar Wochen sein Nachbar, wohnte in Mürzzuschlag, auf dem Sulkowskischen Gute! Ah, dort auf dem Sulkowskischen Gute, aha, so, so! rief Rosegger dazwischen. Brahms nickte. Ja, sagte er, und es gefalle ihm gut. Er beabsichtige sogar, im nächsten Jahr wiederzukommen. Wien wäre ja nicht weit, ein Katzensprung beinahe, sagte er und lachte leise. Auch Rosegger lachte und rief mit dünner Stimme: Ja, ja in der Tat, ein Katzensprung. In der Tat, lachte nun auch Brahms. Aber die Nähe zu Wien, sagte er, wäre gelegentlich ein Nachteil. Andauernd kämen die wirklichen und die sogenannten Freunde und hielten einen von der Arbeit ab, denn er wäre nur zu einem Teil des Urlaubes wegen hier in der Steiermark, der andere, der größere Teil gälte der Arbeit. Wie bei mir, verehrtester Herr, lachte Rosegger und spielte mit der Brahms'schen Visitenkarte, in der Tat, wie bei mir. Auch ich ärgere mich so manches Mal, dass mein Krieglach so nahe bei Wien liegt. Auch zu mir kommen andauernd Leute und fragen mich dieses und jenes, und ich komme vor lauter Fragerei nicht zur Arbeit ... das gilt natürlich nicht für Sie, mein Herr, nicht für Sie, nein, nein. Sie sind ja sozusagen mein steiermärkischer Nachbar und keiner dieser Journalisten oder Freunde aus Wien. In der Tat, das haben Sie gut gesagt – sogenannte Freunde! Die kommen und denken, man wartet nur auf sie, man hat immer Zeit für Plaudereien. Dabei, sehen Sie, rief Rosegger und hielt dem erschrockenen Brahms plötzlich ein Bündel Seiten vor die Augen: Hier, der Anfang von meinem *Jakob der Letzte*. Seit einem Vierteljahr ist nichts mehr dazugekommen. Die paar Seiten, mehr habe ich nicht geschrieben. Eine Schande, wirklich. Rosegger ordnete die Blätter und begann daraus vorzulesen. Nach ein paar Augenblicken, in denen er mit seiner schwachen Stimme, etwas schwer Luft holend, gelesen hatte, schien er seinen Besucher vergessen zu haben. Er ließ die gelesenen Blätter achtlos zu Boden gleiten, rückte immer wieder an seinem Kneifer, und las und las. Brahms wurde unbehaglich, drehte den Hut in den Händen, dem man ihm nicht abgenommen hatte. Er räusperte sich. Rosegger schien nichts zu hören, er las weiter. Plötzlich aber stockte er, warf die Papiere beiseite, schlug sich mit der kleinen, zierlichen Hand vor die Stirn, rief: Wie konnte ich nur! Ich habe ja ganz vergessen, dass ich einen Gast, meinen Nachbarn aus Mürzzuschlag bei mir sitzen habe. Brahms zuckte mit den Schultern. Macht ja nichts, murmelte er. Und? fragte nun Rosegger und rückte am Kneifer, wie hat es Ihnen gefallen? Gut? Oder nicht so gut? Wie ist es mir gelungen? Brahms wurde verlegen. Sollte er zugeben, dass er gar nicht zugehört hatte? Sollte er dem kleinen Herrn Rosegger sagen, dass er sich unbehaglich fühlte bei ihm, dass er verzweifelt wäre, weil er kein Thema fände, worüber sie reden könnten. Sollte er sagen, dass er die ganze Zeit an den bevorstehenden Abend gedacht hatte, den heutigen Abend in Mürzzuschlag, im Gasthof »Zur Post«? Denn seit er von den Freunden, die aus Wien kämen, geredet hatte, da war ihm sogleich eingefallen, dass sich für heute Abend ja Theodor Billroth und Eduard Hanslick angesagt hatten, dass sie am gestrigen Tage telegrafiert hatten, dass sie heute mit dem späten Nachmittagszug kommen würden und mit ihm und den Mürzzuschlager Freunden einen deutschen Herrenabend veranstalten wollten. Deutscher Herrenabend! bestimmt

eine Worterfindung von Eduard, diesem Wortkünstler, dachte Brahms jetzt, während dieser Rosegger nun auf ein Wort von ihm wartete, eine Anmerkung, wie er seinen *Jakob* fände. Und richtig, wie gelungen fanden Sie den Text, hörte er Rosegger fragen. Also, sagte Brahms nur, ja, er hielte den Text für bemerkenswert frisch und neu. Und er lachte in sich hinein, »frisch« und »neu«, dies wären Worte, die immer ankämen. Dies wären die rechten Worte, wenn man von einem Text spräche, dem man nicht richtig zugehört hätte. Aber er schämte sich auch, als er dies gesagt hatte, so könne man keinem Dichter wie Rosegger antworten, dachte er, und er brauchte jetzt einen Gegenangriff, eine Art Ablenkung, und so wandte er sich zu dem geöffneten Klavier um und fragte: Sie lieben die Musik? Sind Sie denn auch musikalisch? Übten Sie gerade, als ich kam? Der Deckel steht noch offen.
Rosegger war überrascht, jetzt über Musik reden zu müssen, denn er war eben noch dabei gewesen, die Worte »frisch« und »neu«, die sein Gast über seinen Text gesagt hatte, zu überdenken. Er war sich unsicher geworden, wusste nicht, war das eine Floskel, die er sich da anhören musste von diesem Menschen, der vor ihm saß, oder war sein Gast, war dieser bärtige Herr aus Wien, der zur Zeit in Mürzzuschlag Sommerurlaub machte, ein Kenner und hatte ihn gelobt. Er hatte nicht zu Ende denken können, und nun sollte er etwas über Musik sagen. Am besten, dachte er jetzt, ich rede mit meinen Werken. Wissen Sie, Verehrter, sprach er zu Brahms, ich habe in einem meiner ersten Werke mein Verhältnis zur Musik erklärt. Ich will Ihnen daraus zitieren. Denn mein Werk und ich, da gibt es nichts dazwischen. Wir sind eins. Und so hob er an, etwas pathetisch und umständlich, seine eigenen Verse, die er in *Zither und Hackbrett* niedergeschrieben hatte, vorzutragen. Er steigerte sich, seine Wangen bekamen Farbe, er stand auf und lief deklamierend im Raum umher. Brahms wusste nicht, was er jetzt tun, wie er sich verhalten sollte. Der Dichter Rosegger wurde ihm unheimlich. Kein vernünftiges Gespräch

scheint möglich, dachte er. Er weiß tatsächlich nicht, wen er vor sich hat. Das Mädchen hat ihm nichts gesagt, die konnte nicht lesen und er, der Dichter, hat meine Karte zwar in den Händen gehalten, aber nicht drauf geschaut. Oh, ich Narr, warum musste ich hierher kommen. Ein Unglückstag heute, dachte Brahms, daran trägt nur dieser Enke Schuld, dieser komische Maler! Und so erhob er sich vorsichtig aus seinem Korbstuhl und schlich, den immer noch im Zimmer umherwandelnden, mit halb geschlossenen Augen seine Verse deklamierenden Rosegger allein lassend, hinaus, durch die Diele, ins Freie.

Ja, da ist sie wieder, die freie Natur, dachte er und atmete tief. Alles schien ihm Freude und Heiterkeit zu verströmen. Kaum dachte er noch an den seltsamen Dichter, den er gerade verlassen. Er zuckte die Achseln, entledigte sich seines Überrocks, den er unternehmungslustig über die Schulter warf, und schritt federnd und erleichtert die Dorfstraße hinunter. Die einfachen Leute, dachte er, wie er sie hier während seiner Sommerfrische in den Bediensteten des Advokaten Weiß im Sulkowskischen Hause lieben gelernt hatte, danken einem Freundlichkeit auf herzerfrischende Weise, sie sagen einem, wenn sie verdrießlich sind, was selten vorkommt, und sie zeigen ihre Herzen offen hervor. Sie verstecken sie nicht hinter Höflichkeit und Floskeln, so als hätten sie nie gelernt, sich zu verstellen. Sie wissen nichts von Wissenschaft und geistigen Dingen, aber sie sind eins mit ihrer Landschaft, in der sie leben wie eingepflanzte Blumen. Freundlichkeit und Liebe brauchen sie wie das Wasser, sonst welken sie, und sie haben Stacheln, um zu stechen, Wurzeln um sich festzuhalten und zu ernähren. Wir aber, wir Künstler, was sind wir, wonach streben wir? Wir sollten unsere Kraft aus derselben Quelle schöpfen wie diese einfachen Leute, dann lebt unsere Kunst ewig, dachte Brahms dahinschreitend.

Er war an die Stelle gekommen, wo er auf dem Herweg die Kinder gefragt hatte. Sie waren wieder dort und spielten mit Murmeln

am Wegesrand, fast schien es, als hätten sie auf den Zurückkehrenden gewartet. Sie blickten zu ihm auf, sagten nichts, aber in ihren klaren glänzenden Kinderaugen war Erwartung und Bitte. Er schüttelte den Kopf, zog zum Beweis, dass seine Taschen leer waren, das Innenfutter nach draußen und ihm kam die Erinnerung an ferne Tage, da er Claras und Roberts Kinder täglich um sich gehabt hatte. Er sah sie im Kreise um sich, und hörte Claras Worte, die später zu ihnen gesagt hatte: »Da kam Johannes Brahms. Ihn liebte und verehrte euer Vater, wie außer Joachim keinen; er kam, um als treuer Freund alles Leid mit mir, eurer Mutter, zu tragen – er war mein Freund, im vollsten Sinne des Wortes. Er und Joachim waren die Einzigen, welche euer teurer Vater in der Krankheit sah. So war es denn Johannes allein, der mich aufrecht erhielt. Vergesst dies, liebe Kinder, nie!«
Und er sah die Krieglacher Dorfkinder und dachte, was er schon oben auf dem Feldstein gedacht hatte, dass er immer ein Getriebener gewesen wäre, ein Sehnsüchtiger, der dieses Gefühl in seine Töne gesetzt hätte, ja diese Seelenlast offenbar nur in Musik setzen konnte, in nichts anderes. In meinen Tönen spreche ich, dachte er sich beruhigend, durch die Musik erst kann ich leben, in ihr erzähle, singe, schreie ich von dieser Sehnsucht, diesem unerfüllten ewigen Streben nach gelingenden Beziehungen, nach Familie, Kindern, aber auch nach Freiheit, Anerkennung und Anstellung, Sehnsucht nach Ruhe, einem festen Ort, nach Heimat.
Warum, dachte er, vor den zu ihm aufblickenden Kindern stehend, warum nur immer diese Schwermut. Ich werde sie nicht los, diese Gedanken, sie mischen sich wie Bitterstoff in süßen Wein, als dunkle Wolke in strahlenden Himmel, sie kommen, ohne dass ich sie verjagen könnte. Seit dem Tod der Mutter ist mir, dachte er, als könnte ich niemals wieder unbeschwert sein, lachen ohne Wehmut, ausgelassen sein ohne dieses Gedankenlauern, froh sein, einfach jauchzen, um bloßer Freude willen.

Er seufzte, zuckte noch einmal bedauernd mit den Schultern, versuchte ein Lächeln und ging gesenkten Kopfes weiter. Die Kinder blickten ihm nach, schauten lange auf den Rücken des Davongehenden, doch sie schwiegen, lachten nicht. Ein ungekanntes Gefühl von Trauer und Grauen hatte sie beschlichen. Noch als der fremde Mann längst hinter der Biegung der Straße verschwunden war, saßen sie im Straßenstaub wie erstarrt. Erst eine herbeieilende junge Katze lenkte sie ab, und sie setzten ihr Spiel fort.

෴

Im Hause Rosegger herrschte indes helle Aufregung. Anna Rosegger war in das Arbeitszimmer ihres Mannes gestürmt, kaum dass der fremde Herr sich still verabschiedet hatte. Rosegger deklamierte noch immer seine Verse und hatte vom Weggang seines Gastes nichts bemerkt. Weißt du in Gottes Namen denn, wer soeben dein Haus verlassen hat, schrie Anna Rosegger mit Tränen in der Stimme. Der Dichter blieb mit einem Ruck stehen und starrte seine Frau an. Die ging zum Klavier, setzte sich und schlug die ersten Takte einer Brahmsschen Klaviersonate an, dieselbe, die sie noch am gestrigen Abend vor Gästen so blendend gespielt hatte. Dann sprang sie wieder auf, rüttelte den Dichter, der wie benommen dastand. Wo hat er gesessen? Wo ist die Karte? rief sie, er muss dir doch eine Karte gegeben haben. Karte? Gesessen? Da! Und er zeigte auf einen einsamen Stuhl. Wo ist die Karte? fragte die Frau eindringlich. Die Karte? antwortete Rosegger mit schleppender Stimme, ja, eine Karte gewiss. Das Mädchen hat sie mir gegeben, bevor er hereintrat. Warum sagte sie auch nichts, dieser Trampel, wer dieser bärtige Gast wäre. Aber Peter, entgegnete die Frau mit einem sanfteren Ton, du weißt, sie hat es mit Lesen nicht! Rosegger antwortete nichts, brummte nur und wühlte in den Taschen seines Morgenmantels. Hier ist sie, die vermaledeite Karte! Hier! Und er zog das Brahmssche Kärtchen hervor. »Doktor Johannes Brahms, Komponist und Kapellmeister, Wien«, las er vor, und griff sich im selben Moment mit seinen kleinen Händchen an die Stirn. Das Kärtchen flatterte zu Boden. Ich Narr! rief er aus. Brahms war bei mir und ich bemerkte es nicht! Johannes Brahms! Er, dessen Musik noch in hundert oder zweihundert Jahren erklingen wird, wenn mich womöglich keiner mehr kennt! Er, der feine, etwas untersetzte Herr mit dem Kneifer und dem wundervollen Bart. Nicht einmal eine Erfrischung, nicht einmal ein Wort des Dankes, dass er mich seines Besuches gewürdigt hat, nichts gab ich ihm. Ein Jahrhundertverhängnis, jammerte Rosegger jetzt. Und dies in meinem Hause, das für seine Gastlichkeit und Offenheit gerühmt wird in der ganzen Steiermark. Hier ist der Stuhl, auf dem der Meister saß, sprach er feierlich zu sich selbst, und strich andächtig mit seinen kleinen Händen über die Lehne. Später würde im Hause Rosegger dieser Stuhl, auf dem Brahms gesessen, verehrt und gehütet, einer Reliquie gleich, bekränzt und geschmückt dastehen, und jedem wäre verboten, sich darauf zu setzen. Jetzt aber lief der Dichter Rosegger mit schnellen Schritten aufgeregt im Zimmer umher, trat sich auf die langen nachschleifenden Schnüre seines Mantels, seine Frau Anna rannte ihm nach, Hände ringend, wie man sagt. Was tun wir jetzt! riefen beide verzweifelt. Dann stürzte Rosegger, wie er war, im Hausmantel, der sich geöffnet hatte, die magere Brust entblößend, vor das Haus auf die Straße. Seine Frau blieb in der Tür stehen, immer noch den Tränen nahe, immer noch die Hände ineinander verkrampft. Aber Brahms, ihren Gast, sahen sie nicht. Der war längst die Dorfstraße hinab und außer Sicht, auf dem Rückweg nach Mürzzuschlag.

༄

Brahms lief, den Überrock geschultert, mit kräftigen Schritten den steinigen Pfad, der über Wiesen sich schlängelte, dann in den Bergwald mündete und an seinem Saum unterhalb der aufragenden Felsspitzen entlang führte. Fern sah er die Bauern das halbtrockene Gras, das bald zu Heu werden sollte, auf lange Schwaden häufeln. Wolken zeigten am Horizont, dass es Regen geben würde. Am Waldrand begegnete er einem Pastor, der trotz der sommerlichen Wärme in seine Soutane gehüllt, mit einem Knaben an der Hand, vorbei kam. Man grüßte sich. Der Pastor schlug im Vorübergehen segnend das Kreuz und verneigte sich leicht. Brahms dachte flüchtig an seine protestantische Vaterstadt, die ihn verschmäht hatte. Das Kahle und Nüchterne, die betonte Schlichtheit des Protestantismus hatte ihm zeitlebens ein geheimes Grauen eingegeben. Er liebte den Pomp der katholischen Kirche, diesen Prunk, der hier in der Steiermark selbst in der kleinsten Kirche anzutreffen war, er liebte den Geruch des Weihrauch, die Feierlichkeiten, die Würde, den Sprechgesang der Priester zur Messe.

Warum haben Sie in Ihrem *Requiem* die Texte aus der Lutherbibel verwendet, hatte ihn Billroth einmal gefragt, als er ihm von seiner katholischen Schwärmerei erzählte. Ach, der Theodor, dachte Brahms, wie konnte er wissen, dass er in seinem *Requiem* beides wieder zusammenführen wollte, die Pracht und die Einfachheit, das Jenseits und das Diesseits, den Tod und die Leidtragenden.

Sie waren, Billroth und er, so wie er jetzt auf einer Wanderung gewesen. Die Musik, hatte er dem schweigend neben ihm hergehenden Billroth gesagt, meine Musik ist die Hülle, ist das Medium, auf dem meine Botschaft in die Seelen und Herzen der Zuhörer dringen soll bei dieser Messe. Es ist eine Messe, hatte er gesagt, also etwas, das vom Katholizismus kommt, aber sie ist eben eine deutsche Messe, die Deutsche hören und verstehen sollen. Und sie soll die Lebenden erreichen, hatte er gesagt, diejenigen, die Leid tragen, die Toten kann sie nicht erreichen, diese

Messe, weder durch meine Musik noch durch Luthers Bibelworte. Weißt Du, lieber Theodor, hatte er auf der Wanderung gesagt, als Arzt müsstest du mich verstehen. Was mein *Requiem* sagt, ist dieses: Der Tod, den man fürchten muss, an dem man zu schaffen hat, ist nicht der eigene Tod, sondern der Tod derer, die man verliert. Es ist der Tod, den man erlebt hat, nach dem man weiterleben muss. Man muss das Untragbare ertragen, es ertragen lernen. Das Leben raubt einem mehr als der Tod. Brahms erinnerte sich, wie Billroth stehen geblieben war, auf den Weg gestarrt hatte, dann war er einen Schritt auf ihn zugekommen und hatte ihn lange und fest umarmt. Teurer Freund! hatte er ausgerufen, du bist ein Philosoph. Sie waren weitergegangen, hatten sich untergehakt, und er hatte zu Billroth gesagt: Als Joachims Sohn geboren war, habe ich Joachim geschrieben: »das Beste kann man ja in dem Fall nicht mehr wünschen – nicht geboren zu werden!« Joachim hat es nicht gleich verstanden und mich zurückgefragt, wie ich dies denn gemeint hätte. Das Leben, habe ich ihm geantwortet, ist es, was mir zu schaffen macht. Ja, das Leben, mein lieber Theodor, hatte er auf dem Wanderweg gesagt, an das Leben richtet sich mein *Requiem*. Ich will euch mit ihm trösten, wie einen nur seine Mutter trösten kann. Meine Trauermusik soll eine Seligpreisung der Leidtragenden sein ...
Brahms war stehen geblieben. Wieder hatten ihn diese schwermütigen Gedanken übermannt, die ihm im Angesicht des Priesters gekommen waren. Er wollte sich zwingen, an etwas anderes zu denken, aber es gelang ihm nicht. Er starrte hinauf in die Wipfel der Bäume, hörte ihr Rauschen, verfolgte mit den Augen den Flug eines Hähers, doch er sah sich am Klavier in seiner Wiener Wohnung an diesem kalten Februarmorgen vor nunmehr neunzehn Jahren. Er sah sich sitzen und hörte Bachs *Goldberg-Variationen*, die er spielte. Er hörte die Musik, als spielte sie ein Fremder. Wie von selbst glitten seine Finger über die Tasten. Er spielte diese Bachsche Komposition aus dem Kopf, kannte jede

Note. Und mit jedem Ton traf ihn der Schmerz über die gerade empfangene Nachricht. Er fühlte nicht, wie ihm die Tränen aus den Augen rannen, er spürte nicht, wie sie auf die Tasten tropften. Er weinte hemmungslos. Die Mutter war gestorben, plötzlich und jäh. Beim Ankleiden war sie zusammengebrochen. Elise, seine Schwester, hatte es miterlebt. Sie stand daneben, als das Unfassbare geschah. Brahms erinnerte sich, immer noch in die Baumwipfel starrend, wie Gänsbacher ins Zimmer seiner Wiener Wohnung getreten war. Ohne sein Spiel zu unterbrechen, hatte er ihm weinend die Trauernachricht mitgeteilt. Und die Tränen rannen ihm wie Öl über die Wangen. Dann war er, noch in dieser frühen Stunde, aufgebrochen und nach Hamburg ans Sterbebett der Mutter geeilt. Er sah sie, sah ihr Gesicht, das einer Fremden glich und das nicht mehr von dieser Welt gewesen war. Fassungslos hatte er da gestanden. Mehrere Stunden, wie erstarrt, vor der Leiche verharrt und ohne irgendeinen zusammenhängenden Gedanken, immer nur gedacht: die Mutter ist nicht mehr da! Sie hat mich, hat uns allein gelassen. Wie soll ich dies tragen können, unmöglich kann ich es ertragen, allein, allein bin ich nun! Wir werden uns wiedersehen, hatte er wieder und wieder gedacht. Wir werden uns wiedersehen! Er würde das Requiem schreiben, zu Ende schreiben und doch völlig neu, für die Leidenden wollte er es umschreiben, für sich, ja, für sich, hatte er hinter dem Sarg laufend gedacht: Selig sind, die da Leid tragen, denn sie werden getröstet werden! Diese Worte aus der Bergpredigt wollte er zum Motto machen, nahm er sich vor. Doch, so dachte er jetzt auf dem Bergpfad, bis heute bin ich nicht getröstet worden. Bis heute kann ich keinen wirklichen Trost finden. Ich werde ihn nicht los, diesen Muttertod, dachte er, dieser Tod wird mein Dornenkranz bleiben, den ich lebenslang tragen muss. Oh, mein Gott!
Brahms hatte das Gefühl, er müsste sich mit Gewalt losreißen, fortgehen aus diesem Walde. Er stieß einen Stöhnlaut aus und lief los. Er sah die grauen Felsen zur Rechten durch die Bäume schim-

mern, sah die Kanten und Vorsprünge und dunklen Zacken, sah Reste von schmutzigem Schnee in den schattigen Stellen glitzern. So schauen sie schon Jahrtausende auf uns Menschen herab, dachte er hinaufblickend, diese steinernen Dome und Türme, im Winter mit weißem Haupt, im Sommer heller und freundlicher. Es kümmert sie nicht, ob wir Menschenkrümel hier unten leiden und traurig sind. Sie stehen schweigend und unnahbar. Kommen wir ihnen zu nahe und sind wir unvorsichtig, so stürzen wir zu Tode, wie manches Kreuz am Wege kündet. Sie geben unsere Worte, unser Rufen, all die Menschentöne, hallend zurück und bleiben kühl und starr dabei. Das ist die Wahrheit.

Und dann, das spürte der dahinwandelnde Brahms auf einmal, sickerten ganz leise aus seinem Innern einzelne Töne hervor. Er summte sie zuerst vorsichtig und abwartend, dann als er sie sicher wähnte, sang er sie, wiederholte sie, pfiff sie, schmetterte sie mit lauter Stimme hervor, befreit und erlöst. Ich hab sie, diese Töne, mein Grundthema für das Neue, was in mir emporwächst. Er blieb stehen, kramte sein Notizheft hervor, zog mit dem Bleistiftstummel, den er in der Brusttasche verwahrt hatte, hastig ein paar Notenlinien, kritzelte, größeren Punkten gleich, Noten darauf. Ich hab's. Ich habe es, endlich! rief er beinahe fröhlich aus. Mein Gott, ich danke dir!

Er krempelte die Hosenbeine hoch, knotete sich den Überrock um die Hüften und lief, ja er rannte fast, den Weg hinab nach Mürzzuschlag. Schnell noch ans Klavier, dachte er im Laufen, die Noten hingeschrieben, dann können wir am Abend im Gasthof »Zur Post« feiern und lustig sein. Ach, wie freu ich mich, rief er laut zu sich, und machte einen Sprung, wie freu ich mich doch. Billroth und Hanslick, diese herzigen Freunde und dann die Einheimischen wie Bleckmann und Kupferschmid erst. Das wird eine Freude!

Zwei Stunden hatte Brahms intensiv gearbeitet, sich in seinen Zimmern eingeschlossen, am Klavier gesessen, die Töne, die ihm

auf dem Rückweg von Krieglach eingefallen waren, in Szenen und Phrasen modelliert. Für das Klavier hatte er alles zunächst aufschreiben wollen, doch dann hatte er doch schon, skizzenhaft zwar, begonnen, eine Partitur zu formen. Er war zufrieden. Niemand hatte ihn gestört. Sogar die Kinder, die sonst im Hofe lärmten, waren nicht zu hören gewesen. Es war inzwischen später Nachmittag geworden. Plötzlich fiel ihm ein, dass er seit dem Morgen nichts gegessen hatte. Nur aus der kleinen Flasche, die auf seinen Wanderungen stets mitzuführen er nicht unterließ, hatte er kalten Kaffee in kleinen Schlucken getrunken. Der Magen schmerzte ihm. Ein kleines Vesperbrot wollte er bei der Witwe Laschitz bestellen. Sie würde ihm das Gewünschte ohne viel Aufhebens zubereiten, gleich in der kleinen Küche, die zu seiner Sommerwohnung gehörte. Er stellte sich ein kräftiges Wurstbrot vor, und ihm lief der Speichel im Munde zusammen. Rasch und entschlossen trat er auf den Flur. Als er aber die Tür wieder schließen wollte, stand wie aus dem Boden gewachsen eine junge Frau vor ihm. Sie erschraken beide. Gewiss hat sie gelauscht, dachte er, hat gehört, wie ich komponierte und dazu gesungen habe. Es ist nicht recht, dass man immer darauf erpicht ist, mich bei meiner Musik zu ertappen, gerade dann, wenn sie noch nicht fertig ist.
Er kannte die junge Frau. Sie wohnte mit zwei Freundinnen im Nachbarflügel des weitläufigen Gehöftes. Er glaubte sich zu erinnern, dass sie, als sie einander vorgestellt wurden, ihren Namen genannt hatte. Fritzi Braun hieß sie, ja Fritzi Braun aus Wien. Sie war eine temperamentvolle Brünette mit dunklen schwärmerischen Augen. Ach, er liebte dunkle Augen. Und sie lächelte so reizend, zeigte hübsche Zähne und zwei wundervolle Grübchen auf den Wangen. Auch ihre Freundinnen waren hübsche Personen, erinnerte er sich. Die eine blond, die andere dunkel, wie die Ungarinnen unten im Gasthof. Nein, er konnte dieser Fritzi nicht böse sein, auch wenn sie ihn belauscht hätte. Eigentlich, so dachte er, kann ich keiner Frau böse sein. Eigentlich haben sie

alle irgendetwas Schönes. Es gibt keine hässlichen Frauen. Die eine hat wundervolle Augen, die andere volle rote Lippen, wieder eine hat einen bezaubernden Gang, wie eine Tänzerin, die vierte einen schlanken schönen Hals, die fünfte eine atemberaubende Figur, die eine spricht mit einer Stimme, die verführerisch klingt, die andere singt, dass einem das Herze stille stehen will. Sie sind alle reizend, und beinahe alle sind freundlich und nett zu mir, so als wäre ich die richtige Partie für sie. Sicher denken sie, ich wäre noch zu haben, denn sie wissen, ich bin ohne Weib und Familie. Und wie sie sich anstrengen, mir zu gefallen, dachte er. Auch diese Fritzi Braun. Eine reizende Person, ach wie sie mir gefällt. Ich will ihr nichts Grobes sagen.

Na, wie geht es Ihnen? fragte er eine Spur zu forsch und konnte eine kleine Verlegenheit, die ihn sofort anfiel und die seine Stimme unsicher werden ließ, nicht unterdrücken.

Danke, sehr gut! Darf ich fragen, wie es Ihnen geht, Herr Brahms? entgegnete die hübsche Brünette in kokettem Ton, sich vor Brahms postierend, als wollte sie ihm den Weg versperren, und sie wiegte sich in den Hüften, dass ihr bauschiger Sommerrock hin und her schwang.

Sie fragen, wie es mir geht? antwortete Brahms.

Ja. – Mir geht es wie Ihnen, sagte er und ergänzte mit einem plötzlichen Aufblitzen seiner Augen, mir kann es heute nur so gehen wie Ihnen. Aber genau nur so wie Ihnen!

Wie meinen? staunte die junge Frau und runzelte die Stirn.

Denken Sie nur, erklärte Brahms, und sein Lächeln verstärkte sich, gestern Abend stehe ich hier auf diesem Fleck und hörte durch das offene Flurfenster ihrem bezaubernden Klavierspiel zu. Auf einmal kommen zwei Damen die Treppe herab. Sie sind neu hier und waren erst angekommen. Sie bleiben neben mir vor dem Fenster stehen und die eine sagt, nachdem ich beide gegrüßt und sie mir flüchtig gedankt hatten, hör nur, Franziska, dort drüben spielt Brahms!

Ist das nicht reizend? fragte er die Brünette, Sie sind meine Doppelgängerin!
Fritzi Braun lachte, aber sie wusste nicht, ob Brahms einen Witz gemacht hatte. Sie wurde unsicher und schlug die Augen nieder.
Kommen Sie, sagte er fröhlich, mit plötzlicher Entschlossenheit, ich lade Sie zu einer Schokolade unten im Gasthof ein.
Was sollen die Leute denken?
Lassen Sie sie denken, was sie wollen, rief Brahms und bot der Brünetten galant den Arm. Sie sind meine Doppelgängerin! An sein Wurstbrot und die Witwe Laschitz dachte er jetzt nicht mehr. Eine Heiterkeit erfüllte ihn auf einmal, eine Ausgelassenheit, wie er sie lange nicht mehr gespürt oder erhofft hatte. Sie ist in mir, dachte er, die Hände der hübschen Fritzi Braun auf seinem Arm spürend, sie ist in mir und kann mir nicht verloren gehen, meine neue Symphonie. Niemand kann sie mir mehr entreißen. Sie ist sicher verwahrt.

॰॰

Sie hatten eine Weile im Gasthof »Zur Post« gesessen, Brahms und seine junge Begleiterin Fritzi Braun. Sie trank eine Schokolade, und Brahms hatte dann doch einen starken schwarzen Kaffee genommen, dazu ein Butterhörnchen. Man saß in einem von wildem Wein umrankten Außenbereich des soliden Gasthofes, wie in einer romantischen Gartenlaube. Es war schattig, und doch drangen dünne Sonnenfäden durch Blätter, Reben und Ranken und malten kleine tanzende Kringel auf alles, was sich unter dem Blätterdach befand, auf Brahms grauen Überrock und sein gerötetes Gesicht ebenso wie auf die nackten Arme der Fritzi Braun. Es plaudert sich angenehm mit dieser Fritzi, dachte Brahms, und genoss die Blicke der anderen Gäste ringsum, die ihn alle kannten und die bei jeder sich bietenden Gelegenheit mit den Köpfen nickten, herüberlächelten, grüßten. Auch die hübsche Brünette fühlte sich wohl an der Seite des berühmten Mannes. Und als auf

der Straße ein paar kichernde Damen mit ihren Sonnenschirmen vorüber kamen, warf sie stolz den Kopf in den Nacken. Was würde sie in Wien davon erzählen können, hier mit Brahms gesessen zu haben und über Musik und wie er sie gelobt hatte, über Kunst, über Gott und die Welt geredet zu haben. Ja, gleich heute Abend würde sie sich hinsetzen und nach Wien schreiben. Oh, wie sie sich freute, gerade hatte er sie zu einem musikalischen Nachmittag für übermorgen eingeladen, wenn Herr und Frau Dr. Fellinger und die bekannte Geigerin Marie Soldat zu ihm kämen. Welch ein Sommer, dachte die hübsche Fritzi Braun ausgelassen, was für ein prächtiger Sommer in diesem Jahr 84, und welch ein Glück, dass sie sich entschlossen hatte, heuer, nicht weit von Wien, in diesem Mürzzuschlag am Semmering den Urlaub zu verbringen. Vielleicht, Fräulein Braun, sagte Brahms, mitten in ihre fröhlichen Gedanken hinein, vielleicht komponieren Sie mir bis morgen noch eine neue Kadenz für mein Violinkonzert, ja, bis morgen, wenn die Soldat kommt. Sie kann diese dann spielen und ich werde sagen, das habe meine Doppelgängerin komponiert, ha, ha, ha, und er lachte sein kurzes, trockenes Lachen. Auch Fritzi Braun lachte.
Plötzlich zog er seine Taschenuhr hervor. Gleich werden meine Freunde kommen, sagte er schmunzelnd, und warf der jungen Frau einen verschmitzten Blick zu, die werden Augen machen, dass ich schon da bin, und noch dazu in solcher Begleitung. Da will ich gehen, antwortete Fritzi Braun, Sie gestatten, Herr Brahms. Sie stand auf, knickste. Brahms versuchte einen Handkuss, doch der misslang. Er lachte verlegen. Die junge Wienerin ging davon, graziös, mit schwingendem Schritt. Sie wusste, dass Brahms und die Gäste im Lokal ihr nachsahen. Fritzi, das war gut, sagte sie sich, und wäre am liebsten wie ein Mädchen losgehüpft. Ein herrlicher Sommer!

☙

Er hatte ihr tatsächlich nachgeblickt, der alternde, breite Mann, er sah ihr helles Sommerkleid und den modischen, kleinen Strohhut, den sie sich im Weggehen aufs brünette Haar gesteckt hatte, sah das Schwingen des Rockes, hörte den zierlichen Tritt ihrer sich entfernenden Schritte, und vom Herzen kam ihm eine kleine Wehmut an. Wie viele solcher Mädchen, dachte er, umschwärmen mich. Sie alle denken, sie hätten mit mir das Paradies. Ewiger Klang und immerwährende Musik umgäbe sie, wie der Ruhm, den sie bei mir zu finden glauben und von dem sie nicht wissen, wie er sich anfühlt. Was wissen sie, dass ich ganz elend davon bin, dass ich mich verkriechen möchte vor der Welt, und dass ich ohne die Anerkennung wiederum nicht zu leben vermag. Nein, sagte er zu sich und griff sich nachdenklich in den Bart, kaum ertrag ich mich, wie könnte ich noch andere ertragen und die tägliche Nähe, die solches erfordert. Wie kann ich so sein, wie ich bin, dachte er, und zugleich ein anderer. Leidenschaften müssen vergehen, so hatte er Clara geschrieben, oder man muss sie vertreiben. Ach was, dachte er, ich lebe für meine Musik, und wie jetzt wieder diese neue Symphonie in mir Stück für Stück entsteht, so ist dies mein wahres, wirkliches Leben. Das ist die Wahrheit!

Am liebsten wäre er aufgestanden und nach oben in seine Zimmer geeilt, denn er spürte, wie sie wieder herandrängten, diese Töne und Rhythmen, wie sie sich in seiner Brust einem kribbelnden Wirbel gleich bildeten. Schon zuckten ihm die Finger der rechten Hand, das untrügliche Zeichen, dass er in dirigierenden Bewegungen und dabei singend die Gewalt über sein Bewusstsein verlöre und wie in einem Rausch die Musik sogleich von ihm Besitz ergreifen würde.

So in Gedanken und beherrscht von dem Wunsch, einfach entschlossen aufzustehen, den weinumrankten Laubengang zu verlassen, seine Freunde und den Herrenabend im Stich zu lassen, um oben am Flügel zu sitzen und beim Schein des flackernden

Gaslichtes Note um Note aufs Papier zu bringen, sah er auf einmal die blondgelockte schöne Gestalt des Doktor Kupferschmid neben seinem Tisch stehen. Sie sind schon hier, Herr Brahms? sagte der Arzt, ich dachte, ich wäre zu früh. Der Baron wird auch gleich kommen, ich habe ihn unten am Bahnhof schon von weitem gesehen. Gemeint war der Herr Baron Merkl-Neinsen, ein kunstsinniger Grundbesitzer, der jedes Jahr im Semmering seinen Urlaub nahm.
Brahms nickte und machte ein freundliches Gesicht. Halb verdross ihn, dass ihm nun der Weg hinauf zu seiner Musik abgeschnitten schien, andererseits konnte er diese Herren nicht enttäuschen. Sie werden sich auf den Abend gefreut haben, dachte er, warum soll ich es ihnen verübeln. Ja, sagte er deshalb zu dem Arzt, der, wie er wusste, ein Schöngeist und Verehrer seiner Musik und der von Robert Schumann war, ja, mein Tagesablauf ist etwas aus dem Gleis geraten. Es fing mit einem Maler Enke aus Berlin am Morgen an. Der kam mir auf meiner Wanderung, die ich in die Berge machen wollte, nachgelaufen, wollte mich unbedingt malen. Sogleich und auf der Stelle, mitten auf dem Waldweg. Da bin ich nach Krieglach geflüchtet und habe Rosegger besucht. Rosegger? So? Interessant, sagte Kupferschmid, hatten Sie ein angeregtes Gespräch mit dem Dichter? Wie man's nimmt, antwortete Brahms ausweichend. Dann wollte ich etwas essen, ganz in Ruhe, verstehen Sie, denn ich hatte den ganzen Tag noch nichts zu mir genommen. Doch da begegne ich einer meiner jungen Verehrerinnen. Man ist Kavalier. Und wieder musste ich meine Pläne ändern. Wegen einer jungen Frau ändert man seine Pläne doch gern, Meister, sagte Kupferschmid. Es war doch nicht etwa die Fritzi Braun aus Wien? fuhr er fort, die lief mir gerade über den Weg, sie schien erheitert, ich grüßte sie, doch sie sah mich nicht. So etwas passiert, mein Lieber, lächelte Brahms.
Da habe ich Sie ja wieder!
Sind Sie jetzt besserer Laune, verehrter Meister?

Brahms und Kupferschmid wandten erschrocken die Köpfe. Von der Seite war der Maler Enke unbemerkt herangekommen. Jetzt trat er auf die Beiden zu, breitete die Arme aus. Oder ein Doppelporträt, wenn Ihnen das lieber ist! Sie und der junge Mann hier? Enke zeigte auf den Arzt. Brahms schüttelte unwillig den Kopf. Zu Kupferschmid sagte er: Das ist er, dieser Maler! Ein unverbesserlicher Störenfried. Dann wandte er sich an Enke: Ich sagte Ihnen doch, lieber Pinselheinrich, ich möchte kein Bild gemalt haben. Warum sind Sie nicht zu den Ungarinnen gegangen, wie ich Ihnen vorschlug. Die finden Sie unten im Bahnhofsrestaurant. Aber Herr Brahms, verehrter Meister, rief Enke und zappelte aufgeregt, es geht ganz schnell. Eine kleine Bleistiftskizze nur und schon bin ich fertig. Es dauert nicht mal fünf Minuten, den Rest male ich dann ohne Sie, in Öl oder Tempera. Kennen Sie meine Arbeiten? Und wie ein Zauberkünstler holte er aus seinen Taschen kleine Zeichnungen und Bildchen hervor. Hier, bitte, überzeugen Sie sich, rief er eifrig. Brahms nahm ein kleines Bildnis in die Hand. Wer ist das? fragte er. Oh, diesen berühmten Musiker kennen Sie nicht? Brahms schüttelte den Kopf und reichte das Bild Kupferschmid. Auch der wusste nichts damit anzufangen. Es ist der große Russe Petr Iljitsch Tschaikowski! Ich malte ihn im vergangenen Jahr, als ich in Sankt Petersburg war. Oh, lachte Brahms und sagte, ja, jetzt erkenne ich ihn. Sie haben ihn um ein paar Jahre älter gemacht. Ihre Pinsel taugen nichts. Auf einer Fotografie in Wien, die ich erst vor zwei Monaten in den Händen hielt, sah er viel jünger aus. Schade, dass Hanslick noch nicht hier ist. Der hätte ihn sofort mit der Nase erkannt! Enke machte ein betroffenes Gesicht, wusste nicht, was er antworten sollte. Ha, ha, ha! lachte Kupferschmid, wurde dann aber ernst, meinte, da hat unser Herr Zensor Eduard ihm unrecht getan, ich hörte jetzt von Brodski gespielt das geschmähte Violinkonzert in Zürich. Es ist gar nicht so übel. Nein, es ist nicht übel, antwortete Brahms, wenn der letzte Satz nicht wäre.

Zu viel große Trommel für ein zartes Violinkonzert. Und, indem er Enke das Bild zurückgab, sagte er, nein, verehrter Maler, ich bin schon alt genug, noch älter will ich nicht werden durch Ihre Kunst. Malen Sie, wen Sie wollen, den Reichskanzler vielleicht. Ja, Bismarck wird Ihnen geduldig sitzen. Und Brahms wandte sich ab vom hilflos dastehenden Enke, klopfte Kupferschmid auf die Schulter. Schauen Sie, rief er, dort kommen Binder, Weinberger, Oberförster Schmoelz und unser Hauptmann Gutschlhofer. Ah, und dort an der Tür sehe ich auch Bleckmann, meinen guten Bleckmann, den lieben Landsmann aus Holstein. Sie alle traten heran. Brahms war aufgestanden. Man umarmte sich. Gehen wir hinein in die Schankstube, rief der Oberförster. Unter Lachen und kurzen Begrüßungsworten, manche Hand auf der Schulter des anderen, auch zu Zweien untergehakt wie Brahms und Bleckmann, ging die Gesellschaft ins Innere der Gastwirtschaft, nur der Maler Enke blieb stehen, wo er gestanden hatte und blinzelte nervös.
Heute ist wohl wirklich nicht mein Tag, murmelte er und entfernte sich.
Drinnen empfing der Wirt die Herrenrunde, ein rotgesichtiger Steiermärker mit blondem, gekräuselten Backenbart. Er breitete die Arme aus, rief laut: Wie immer, die Herren, jeder einen Liter gutes Steirisches Weizenbier, empfehle heute frisch gebackene Schweinestelzen, danach zur Verdauung für jeden einen Enzian! Die Herren riefen durcheinander, lachten, stimmten zu. Nur Kupferschmid, der zierliche Arzt von der nahen Kaltwasseranstalt, hob den Arm: Halt, nein Herr Wirt, für mich kein Weizenbier, sondern eine kühle Limonade, und auch keine Stelzen, bitt' schön. Wenn' s vielleicht etwas vom Kalb hätten, einen Kalbsgulasch mit Knödel. Das Bedienmädel, auch sie rotbäckig, mit adretter weißer Schürze, verschwand in die Küche. Bleckmann, der liebe Landsmann, wie ihn Brahms genannt hatte, schlug Kupferschmid im Niedersetzen auf den Rücken. Na,

dröhnte er, heute auf Diät, mein Lieber. Sie werden noch ganz vom Fleische fallen. Das kommt von ihren Kneippschen Kuren, ihrem Kaltwasser! Schauen Sie mich an, ich leb immer in der Gluthitze meines Eisenhammers. Wir Deutschen brauchen Wärme, mein Lieber, Kälte haben wir selber genug. Und Bleckmann richtete sich im Sitzen auf, ballte eine Faust und zeigte, indem er seinen Hemdsärmel hochstreifte, den auf und abzuckenden Muskelball seines Oberarms. Er lachte dröhnend, und aus seinen hellen Augen sprühte es wie ein Funkenregen. Die ganze Gesellschaft schaute zu ihm, auch Brahms, der neben ihm saß, blickte bewundernd zu diesem fünfzigjährigen Kraftprotz. Wie geht es in Ihrer Fabrik, fragte er. Bleckmann wandte sich seinem Freund zu und antwortete laut, dass es die ganze Tischrunde hören sollte. Ach wissen Sie, lieber Brahms, seien Sie froh, dass Sie sich mit Ihrer Musik beschäftigen können, da fuchtelt Ihnen wenigstens nicht die Regierung drinnen herum. Da sind Sie Ihr eigener Herr! Wie meinen Sie das? Brahms hatte sich interessiert seinem Tischnachbarn zugewandt. Seit dieser Bismarck, der sich in alles mischt, antwortete Bleckmann, im Mai im Reichstag vom Recht auf Arbeit gesprochen hat, und hier unten, im Bayrischen München, dieser Louis Viereck, ein Sozi, gleich eine Wochenschrift unter diesem Titel herausgegeben hat, blühen im ganzen Land Vereine und Bewegungen auf. Nicht mehr arbeiten will man, sondern von eigenen Rechten reden, in jeder Fabrik sollen jetzt diese Mitreder zu Hause sein. Es ist ein Kreuz. Eine Laus hat er uns da in den Pelz gesetzt, dieser Reichskanzler, Lieb Kind will er sich machen. Die nächsten Wahlen sind in Sicht. Deshalb hat er sein Herz für die Arbeiter entdeckt. An uns, die wir für deren Arbeit sorgen müssen, denkt dieser Herr nicht im Traum. Eine durcheinander redende und kaum noch arbeitende Masse ist in Deutschland zu Hause, dank dieser Regierung.
Das war wie ein Stichwort. Als ob man darauf gewartet hätte, stürzte sich die Herrenrunde in politische Gespräche, redete wild

durcheinander, hob die Gläser mit dem gelbschäumenden Saft, ach wie blitzten die Augen, wie schwollen die Stirnadern, wie röteten sich die Gesichter und Hälse. Von den Türken, den Chinesen, von Deutsch-Südwest und von den Russen wurde debattiert. Und natürlich den Franzosen, immer wieder von den Franzosen. Die Affäre Alfred Dreyfus erhitzte die Gemüter. Ein Schandurteil, rief Hauptmann Gutschlhofer, zwar sei dieser Dreyfus ein Jud, aber er hätte auf der richtigen Seite gestanden. Deutschland hätten sie treffen wollen mit diesem Urteil, nur Deutschland, diese Franzmänner. Wie froh, rief nun Oberförster Schmoelz, wie froh bin ich, dass wir hier in Österreich sind. Was geht dies alles uns an? Mir san mir, würden schon die Bayern sagen, und Recht hätten sie. Eine kleine Weile wurde gestritten, ob die Österreicher auch an den deutschen Angelegenheiten Anteil nehmen sollten, dann aber ging die Rede wieder um Deutsches. Baron Merkl-Neinsen ereiferte sich. Der Kaiser wäre alt und kränklich, Friedrich, sein Sohn, ein unbeschriebenes Blatt, von dem man nichts wüsste, auch der Bismarck alt und stur. Junges Blut wäre gefragt, ein neuer Elan werde gebraucht, jetzt, wo Deutschland beinahe einig wäre und wieder eine Macht sei in der Welt. Brahms saß in der Mitte und beteiligte sich hitzig an diesen Reden. Wilhelm, der junge Kaiserenkel, rief er und hob den Arm, um ein neues Glas Bier zu bestellen, der wird uns in ein paar Jahren führen. Glauben Sie es mir, meine Herren. Man hört ja jetzt schon von ihm Beachtliches. Was er zum Elsaß sagt und zu Hannover und Hessen, das ist der rechte Enthusiasmus, den unser Volk braucht, nicht diese sozialen Träumereien eines alternden preußischen Junkers …
Bravo! Bravo! Hurra! schrie man, Bierhumpen und Gläser klirrten. Bleckmann war aufgesprungen: Ein Hoch auf unseren verehrten Künstler! Er ist weitsichtiger als wir alle! Hoch, Johannes Brahms! Hoch! Hoch! Hurra! Neugierig trat der Wirt an den Tisch.

Brahms erschrak, er zuckte regelrecht zusammen, kniff die Augen zu. Mit einem Mal wurde ihm bewusst, was er da in emphatischer Pose herausposaunt hatte. Was hab ich da geredet? dachte er, wieso kommt mir dieser politische Patriotismus aus dem Mund, dieser ganze enorme bombastische Unsinn, ich versteh nichts davon, rede einfach mit, hab mich hinreißen lassen von dieser Stimmung, weil ich dachte, auch ich, der Musiker sollte diese Trompete blasen. Es wölbte sich mir die Brust, ohne Nachdenken, ohne tiefes Nachdenken. Ach! Und er schämte sich.
Die anderen aber waren in ausgelassener Laune. In einer Ecke hörte man mit einem Mal eine Zither schlagen. Ein junger Bursche begann »Gott erhalte Uns den Kaiser« zu zupfen. Schon fingen einige zu singen an, standen nacheinander auf. Das Bier tat seine Wirkung, die Kehlen schienen sich in patriotischer Euphorie öffnen zu wollen. Da, plötzlich verstummten die Sänger, die Zither schwieg. Die Tür war aufgesprungen und Hanslick und Billroth, die mit dem frühen Abendzug aus Wien angekommen waren, traten in die Wirtsstube.
Es klingt ja, wenn man von draußen kommt, wie im Reichstag in Berlin, rief Hanslick und trat schnell an den Tisch, auf den er klopfte, um sich dann sofort an Brahms zu wenden: Meister, sagte er, ich hoffe, Sie fühlen sich wohl in solcher Runde! Brahms nickte, öffnete den Mund zu Antwort und Begrüßung, doch bevor er ein Wort sagen konnte, rief Kupferschmid, dessen Haar wirr nach oben stand und dessen Züge einen schwärmerischen Glanz bekommen hatten, lieber Professor, die Hymne sangen wir, weil wir wussten, dass Sie sogleich hier erscheinen würden! Alles lachte. Hanslick neigte den Kopf. So viel Ehre für einen Mann wie mich, sagte er, was habe ich schon getan, außer einen Wahn zu bekämpfen. Billroth, der hinter ihm stand, machte mit den Händen ein Zeichen, als beschriebe er einen Hügel, und jeder in der Runde wusste, es war d e r Hügel gemeint, mit dem Haus obenauf, und die Villa Wahnfried in Bayreuth.

Man hatte den Neuankömmlingen Bier gebracht, auch etwas zu essen, und nun drehte sich das Gespräch natürlich um Musik. Begierig schauten die Augen, und die Schleier, die der Gerstensaft auf ihnen wie auf den leeren Gläsern zurückgelassen hatte, ließ schweißnasse Stirnen, gerötete Ohren und Gesichter hervorleuchten, glühenden Eisen in der Schmiede gleich. Andächtig und erwartungsvoll neigten sich die Köpfe dem Eduard Hanslick zu, der, wie alle wussten, ein ebenso glänzender Unterhalter wie Schreiber war. Er ist wieder der alte, flüsterte Brahms dem Bleckmann zu, noch im vergangenen Jahr dachten wir, er macht es nicht mehr lang, doch dann, kaum dass er neu geheiratet hatte, wurde er frischer und jünger. Mit jedem Tag gewann er, wie Perseus, seine Kraft zurück. Und heute, hauchte Brahms, sieht er aus wie der Drachentöter mit Lanze und Schild. Mit seiner Lanze, ha, ha, platzte Bleckmann laut heraus, das haben Sie gut gesagt! Was habt ihr denn, fragte Hanslick, der sich mit Hauptmann Gutschlhofer unterhalten hatte. Ach, es ist nichts, rief Bleckmann immer noch lachend, Meister Brahms hat mir nur gerade von den jungen Damen erzählt, die hier in der Nachbarschaft zur Sommerfrische sind, und die ihm, sozusagen Klavier spielend, den Hof machen. Geschickt hatte er von seiner Obszönität abgelenkt, denn Brahms hatte ihm tatsächlich vor ein paar Minuten von seiner Begegnung mit Fritzi Braun erzählt. Ja, sagte Hanslick nun seinerseits, es ist schon so, wie ich kürzlich schrieb, wir erleiden täglich Qualen durch die gemeine, die schädliche und die gemeinschädliche Klavierspielerei. Nicht einmal hier in der Idylle der Provinz sind wir davor sicher. Ich glaube allen Ernstes, dass unter den hunderterlei Geräuschen und Missklängen, welche tagsüber und oft auch des Abends an unser Ohr klingen, diese musikalische Folter die aufreibendste ist. Und stellen Sie sich das Missgeschick vor, das nun hier dem Meister, unserem verehrten Brahms, widerfährt. Er sitzt, weil er Urlaub hat oder weil er etwas Neues komponieren möchte, über einer wichtigen

Arbeit oder Lektüre, er bedarf der Sammlung und der Ruhe, wie wir auch und dann muss er wider Willen, wie auch wir es in der Großstadt erdulden müssen, dieses entsetzliche Klavierspiel ertragen. Mit einer Art gespannter Todesangst warten wir (ist es nicht so, mein Lieber? – er neigte sich Johannes Brahms zu) auf den uns wohlbekannten Akkord, den das verflixte Fräulein jedes Mal falsch greift; wir zittern vor der Passage, bei welcher sie unfehlbar stocken und von vorn anfangen wird, und in diesem psychologischen Zwang, diesem verwünschten Klavierspiel aufmerksam zu folgen, liegt wohl hauptsächlich die quälende Spezialität gerade dieses Geräusches. Und es ist das verhältnismäßige Übergewicht der weiblichen Pianisten, was uns auffällt. Ein übles gesellschaftliches Symptom. Es geht in Deutschland mit der Klaviervirtuosität heute ungefähr genauso wie in England mit der Romanschriftstellerei – beide sind fast gänzlich in den Händen von Damen. Und so wie dort die Buchhändleranzeigen werden hier die Konzertzettel von der Übermacht unserer »tastenden« Schwestern beherrscht. Und hinsichtlich der Qualität hört auch die Analogie mit der englischen Romanschriftstellerei nicht ganz auf: wir haben viele tüchtige Pianistinnen, einige vorzügliche (wieder neigte er sich Johannes Brahms zu und lächelte hintergründig, denn es war klar, wen er meinte – Clara Schumann!), wie unsere große und hohe Frau, und hie und da erreicht mal eine die Höhe ausgebildeter männlicher Kunst ...
Bravo! Bravo! Hoch Hanslick! schrie die Runde. Oberförster Schmoelz klatschte mit dem Baron um die Wette, indes Brahms runzelte die Stirn und klatschte nicht mit. Billroth, der neben ihm saß, legte seine Hand auf des Freundes Schulter: Laß ihn nur, sagte er leise, er kann nicht anders. Er meint es Frau Schumann gegenüber nicht bös, er kann nicht gegen seine Natur. Er ist wie ein Artist im Zirkus, immer und überall muss er seine Kunststückchen zeigen. Brahms nickte und war zufrieden. Er wusste, wie Hanslick war, und er liebte ihn.

Der Wirt brachte eine neue Runde Bier. Als er die Gläser abgestellt hatte, zog er einen Bleistiftstummel hinter 'm Ohr hervor, meine Herren, rief er, will einer noch frische Brezen. Habe Ihnen eine neue Kreation anzubieten, »Riesenschlange« heißt sie, ein wahres Wunderwerk. Ja, alle wollten das Backwerk kosten. Bringen' s nur einen Korb voll! Das Wort »Riesenschlange« aber war wieder ein neues Stichwort. So hatte Hanslick in einer seiner berühmt berüchtigten Rezensionen Bruckners Symphonien bezeichnet. So war man bei Bruckner und also bei Wagner. Majestät, äffte jetzt der Doktor Kupferschmid, der ziemlich betrunken war, denn er war nach der ersten Limonade zum Bier gewechselt, den Bruckner nach, als der sich, wie alle wussten und es Stadtgespräch in Wien gewesen war, bei einer Kaiseraudienz über den Kritiker beschwert hatte, ach, allergnädigste Majestät, verbieten' s doch dem Hanslick, dass er so schlecht über mich schreibt!
Hanslick war währenddessen aufgestanden, gebot mit der Hand Schweigen. Man gehorchte ihm. Ein Jahr, sagte er, ist nun schon sein Göttervater im Himmel (er meinte Bruckner und mit Göttervater Richard Wagner, der im vergangenen Februar 1883 gestorben war), und sein Sohn wandelt immer noch auf Erden. Schon die zweite Himmelfahrt ist vorbei und nichts geschieht. Er fährt nicht hinauf zum Vater, stattdessen schreibt er nun schon seine siebte Symphonie, wie lange das so fortgeht, weiß wirklich nur der Himmel. Vielleicht gehört aber diesem traumverirrten Katzenjammerstil doch die Zukunft und nur wir sind es, auch wir, die hier Versammelten, und er breitete die Arme prophetisch aus, die das nicht erkennen und die ewig Gestrigen sind! Buh, buh! machte die Runde. Als ich, liebe Freunde, fuhr Hanslick fort, im letzten August vor einem Jahr der sechzehnten Aufführung des Parzifal zuzuhören gezwungen war, als ich die Reichmanns, Kindermanns und Winkelmanns bis zum Glocken schallenden Ende ertragen hatte, und Herrmann Levi erschöpft die Arme sinken ließ, da dachte ich, er ist zu Gott hinaufgegangen, der Wahnfrie-

de Richard, nachdem er uns mit seinen heidnischen Göttersagen fast zu Tode gequält hatte, oh dachte ich, welch österlicher Schellengesang – es ist aus! Wenigstens eine neue Oper kann er uns nicht mehr in die Ohren zwingen. Wir hätten endlich vor seinen Tonorgasmen Ruhe, dachte ich, mit der teuren Festivalhose am Bayreuther Festgestühl vom Angstschweiß festgeklebt. Wenigstens nichts Neues mehr käme aus diesem sächsischen Hirn, und die Nasendynastie hätte ausgesungen. Das dachte ich, verehrte Freunde, rief Hanslick, doch es war ein Irrglaube, denn sein Sohn lebt, sein musikalischer Sohn Anton komponiert, was das Zeug hält. Und was sein Göttervater ihm vererbt, das führt er fort, schreibt kilometerlang Notenpapier voll mit seinem Tonerbrochenen, das sich wie eine stinkende, grünliche Spur durch die Konzertsäle zieht. Es sind schon Musiker vor Erschöpfung zusammengesunken. Vierzig Minuten ein einziger Satz! Herrschaften, es ist ungeheuerlich. Aber selbst der Kaiser, der mein Freund gewiss nicht ist, kann mir nicht verbieten, diesem Provinzkantor aus Pfilzhofen zu sagen, dass er in Wien unerwünscht ist, in meinem Wien, das meinen Geschmack teilt inzwischen … Und haben Sie es gesehen, fügte Hanslick vergnügt schmunzelnd hinzu, haben Sie gesehen, auch der Bruckner hat diesen Wagnerschen Zinken. Sie haben alle solche Nasen, rief er, halt nein, bis auf Tschaikowski, der hat eine rote Nase, vom Wodka, wie ich denke, ha, ha … Prost! Und er hob das Glas. Prost! Meine Herren, es ist ein schöner Abend. Hanslick setzte sich, Kupferschmid reichte ihm über den Tisch die Hand. Bravo! schrie er. Sie sind ein Kerl! Famos, wirklich, famos. Hurra!

Man redete durcheinander, man lachte, gestikulierte. In der Ecke hatte der Bauernbursche wieder begonnen, Zither zu spielen. Tanzlieder erklangen und steirische Volkslieder. Kommt, mein lieber Brahms, sagte Bleckmann zu seinem Tischnachbarn, wir beiden Norddeutschen wollen einmal einen Schuhplattler probieren. Na, wie wär's? Und er zog den Widerstrebenden am Kragen hoch. Na, los! Schnell hatte sich ein Kreis gebildet. Auf einmal war noch ein Lautenspieler hinzugekommen. Binder, der Kaufmann, drängte sich in den Kreis. Schaut her, rief er, so wird es gemacht! Und er ging in die Hocke, schlug sich mit den Händen auf die Schenkel, klatschte. Ein Gaudi, schrie Oberförster Schmoelz, der seine Jacke abgestreift hatte, und sprang in den Kreis der Tanzenden.

In diesem Augenblick wurde die Tür aufgerissen und ein Postbeamter, mit Dienstmütze und in zugeknöpfter Uniform, stürmte herein. Ist hier ein Herr Johannes Brahms? rief er mit lauter, alles übertönender Stimme. Alle standen sofort still, richteten ihre Augen auf Brahms, der auf den Postmann zuging. Ja, ich bin Johannes Brahms, sagte er, was gibt es? Ein Eiltelegramm! antwortete der Beamte. Bitte hier quittieren! Brahms unterschrieb, nahm das Papier, riss es auf, und noch im Aufreißen wusste er: Es ist von ihr! Clara kommt! Und tatsächlich. Lieber Johannes, las er hastig, ankomme morgen am Donnerstag mit dem Mittagszug. Bitte keine Umstände! Deine Clara.

Er setzte sich. Die anderen standen im Abstand, starrten auf ihn. Meister, was gibt es? fragte Bleckmann und kam heran. Etwas Ernstes? Nein, nein, murmelte Brahms, es ist nichts Besonderes. Nichts Besonderes? dachte er, und ob es etwas Besonderes ist. Sie kommt. Sie kommt. Und Schauer einer aufregenden Vorfreude überkamen ihn. Sie kommt. Meine Clara, dachte er. Ich muss ihr sogleich ein paar Zimmer oben neben meiner Wohnung herrichten lassen. Sie muss doch eigene Zimmer haben, und mit allem Komfort. Vonwegen keine Umstände! Ich werde mir alle Umstände machen, die möglich sind. So eine Freude. Sie kommt.

Er stand mit einem Ruck auf. Noch immer standen die Freunde, neugierig auf eine Erklärung wartend, in einigem Abstand von ihm in der Gaststube. Auch der Wirt war herbei gekommen und verharrte, mit einem frischen Tuch in der Hand, als wolle er Befehle empfangen. Brahms verneigte sich. Es war, stotterte er, es war ein wirklich schöner Abend, aber ich muss mich, muss mich entfernen. Meine Freunde, bitte sehen Sie es mir nach, einem alten Mann, ich bin auf einmal müde, schrecklich müde. Und während er dies sagte, spürte er tatsächlich eine bleierne Müdigkeit, lagen ihm die Lider schwer auf den Augen. Also, leben Sie wohl, meine Freunde. Und feiern Sie noch, wenn Sie mögen. Dann wandte er sich zur Tür und ging, ohne jemandem die Hand zu geben, wortlos hinaus.

Was er nur hat? Das Telegramm? Eine schlimme Nachricht? Vermutungen wurden geäußert, Ahnungen. Auf einmal sagte Billroth, der sich die ganze Zeit nicht von seinem Platz entfernt hatte, der sitzen geblieben war und beobachtet hatte: Er wird Besuch kriegen, unser Meister, lieben Besuch. Ich kenne nur eine Person, die ihn in eine solche Aufregung versetzt, dass er alles stehen und liegen lässt, dass er aufspringt und die Welt ringsum vergisst. Eine einzige Person auf Erden. Unsere hohe Frau, Clara Schumann! sagte Hanslick in seinem ironischen Ton. So ist es! Billroth nickte.

⁂

Brahms indes war zu seiner Wohnung geeilt. Außer Atem kam er an, der Alkohol verflogen, das Gesicht gerötet vom schnellen Lauf, vom hastigen Treppensteigen rasten Puls und Atmung. Ich muss ihr das Quartier richten lassen, dachte er, und klopfte eine Etage tiefer an der Tür der Witwe Laschitz. Es war Viertel vor Elf. Die Witwe erschien, nachdem er wieder und heftiger geklopft hatte. Durch den Türspalt sahen ihn erschrockene Augen an. Die Laschitz hielt einen Leuchter in der Hand, auf dem Kopf das Nachthäubchen. Es war verrutscht und ließ einen dünnen Zopf frei, der ihr vor die Brust gerutscht war. Um Gotteswillen, was gibt es denn? fragte die Witwe, dann erkannte sie Brahms: Ach, Herr Brahms? Ja, was ist denn? Wollen Sie noch ein Nachtmahl?

Nein, um nichts ein Nachtmahl, verehrte Frau Laschitz. Entschuldigen Sie die späte Störung. Es ist, weil … na weil. Morgen kommt doch, und da dachte ich, ich wollte Sie bitten … Er verhaspelte sich, stotterte, seine Hände zitterten, er suchte die Taschen, um sie darin zu verstecken, fand sie, ballte Fäuste in den Taschen, fuhr wieder heraus, griff sich in den Bart, zerwühlte das Haar, dass es abstand wie bei einem Besessenen. Er wusste nicht mehr, was er sagen wollte, warum er jetzt vor der Witwe stand, warum er hier heraufgestürzt war. Aber, Herr Brahms, wer kommt denn morgen? hörte er die Frau fragen, so beruhigen Sie sich doch.
Ich brauche ein Zimmer, Frau Laschitz, stammelte Brahms, früh sollte es schon fertig hergerichtet sein. Am Mittag, ja am Mittag kommt Besuch für mich, wissen Sie. Nein, was rede ich, verbesserte er sich, ein Zimmer genügt nicht. Es müsste noch ein Ankleidezimmer dabei sein, und ein kleiner Salon, ja ein Salon mit einem Flügel, wenigstens aber mit einem Klavier.
Ein Klavier? Die Witwe trat, wie sie war, aus ihrer Tür und verschränkte ihre Arme vor der Brust. Ihr Morgenmantel, den sie flüchtig übergeworfen hatte, öffnete sich bedenklich. Sie schien es nicht zu merken, starrte Brahms mit neugierigen Augen an.
Ja, zumindest, Frau Laschitz, wenn es kein Flügel wäre, dann ein Klavier, und natürlich Blumen. In allen Zimmern, auf den Tischen, auf den Fensterbänken, überall Blumen.
Auch auf dem Klavier? fragte die Witwe und man sah, wie eine Mischung aus Spottlust und Ärger in ihr aufstieg.
Brahms nickte. Überall, sagte er. Dann spürte er plötzlich, dass die Frau ihn nicht ernstnahm, dass sie sich lustig zu machen schien, dass sie ärgerlich wurde. Wie konnte er auch die arme Witwe um diese Zeit aus ihrem Bett klopfen. Was bin ich doch für ein ungehobelter Klotz, dachte er. Wissen Sie, Frau Laschitz, sagte er mit gedämpfter und geheimnisvoller Stimme, ich bekomme morgen Damenbesuch.

Damenbesuch?
Ja, Damenbesuch von weit her. Eine alte Freundin kommt mich besuchen! und er lächelte verlegen. Ich kann Ihnen sogar den Namen sagen, wenn Sie wollen.
Ach, Herr Brahms, entgegnete die Witwe, ich bin doch nicht neugierig. Sie müssen es mir nicht verraten, wenn es sie geniert.
Es geniert mich nicht, Frau Laschitz. Frau Schumann kommt aus Frankfurt. Clara Schumann, wissen Sie. Wir haben uns fast ein Jahr nicht mehr gesehen.
Clara Schumann?
Brahms nickte und lachte. Er lachte aus vollem Hals, schlug der verdutzten Witwe die Hand auf die halb entblößte Schulter, dann zog er sie, die erschrocken leise Aufschreiende, an sich, umarmte sie. Er spürte die Bettwärme, roch den lauen Frauengeruch, dachte flüchtig an Clara und rief lachend, während er die Witwe losließ, ach, verzeihen Sie, Frau Laschitz. Ich bin nur so fröhlich, so unendlich fröhlich!
Drei Zimmer also, sagte die Witwe und rückte ihre Haube zurecht, drei Zimmer, ein Klavier und Blumen. Ich werd' es arrangieren, Herr Brahms. Doch ein paar Stunden will ich noch schlafen, Herr Brahms, mit Ihrer gütigen Erlaubnis, ein paar Stündchen noch.
Sie ging in ihre Wohnung zurück, zog sich im Gehen den verrutschten Morgenmantel zurecht, schloss die Tür.
Brahms stand noch eine Weile sinnend davor, dann ging er mit gesenktem Kopf, eine Melodie summend, den Flur entlang, stieg zu seinen Zimmern empor, schloss sich ein.

៚

Er zog sich aus, doch bald schon hielt er inne, blieb, wie er war, im Hemd, die Hosen aufgeknöpft, die Hosenträger, modisch, mit gestickten Applikationen, hingen an den Seiten wie lose Schnü-

re. Sie waren ein Geschenk seines Freundes Bülow, und als er an sich herunter sah, dachte er an ihn. Ihm fiel ein, wie der jetzt im fernen Meiningen die neue Hofkapelle wie ein Schulmeister erziehen würde, und ihm beim letzten Zusammentreffen gesagt hatte, er werde ihn, Brahms, umwandeln und zu einem vollends liebenswürdigen Menschen machen. Ja, er war ein Freund, dieser Bülow, ein Kämpfer dazu. Ein Mann der Öffentlichkeit, in der er sich zu sonnen wusste. Wie er im letzten Dezember seine *F-Dur Symphonie* dirigiert hatte, dann selbst ohne Dirigenten sein *1. Klavierkonzert* spielte, wie er dann vor das Publikum getreten war und gesagt hatte, er bitte die verehrten Damen und Herren, auf die Egmont-Ouvertüre zu verzichten und dafür Brahms Haydn-Variationen spielen zu dürfen. Und er, Brahms, hatte im Publikum gesessen, sich geschämt für den Auftritt des Freundes, Brahms kontra Beethoven, das könne nicht gut gehen, hatte er gedacht. Und wie dann das Publikum »Beethoven, Beethoven« skandiert hatte und Bülow dennoch die *Haydn-Variationen* gespielt hatte. In den Boden versinken, sich unsichtbar machen, das hatte er in diesen Minuten erfleht, wie er sich jetzt erinnerte, bis dann am Schluss das Publikum gerast, getobt hatte, gar nicht mehr aufhören wollte, ihn zu bejubeln, wie man ihn beinahe auf Händen zur Bühne getragen hatte.
Freunde! dachte er. Ja, der Bülow! Sein Apostel wolle er sein, hatte er gesagt. So ein Unsinn! So ein Blödsinn! Dieser Bülow!
Freunde, dachte er wieder, und plötzlich fiel ihm Clara ein. Er hatte sie für diese Sekunden vollkommen vergessen, mit keiner Faser seines Gedächtnisses mehr an sie gedacht. Oh Clara, rief er leise, wie konnte ich. Dann ging er zum Flügel, die Hosen waren ein wenig gerutscht, er musste sie festhalten. Er setzte sich, schlug den Deckel zurück und spielte den Klavierpart seines *f-Moll Qintetts*; Violinen, Viola und Cello hörte er sich im Geiste hinzu. Und mit den ersten Akkorden sah er Claras Gesicht, sah ihren ernsten Ausdruck, das dunkle volle Haar, die leuchtend blauen Augen,

die Grübchen auf den Wangen. Es liegt am fis-Moll, dachte er, fis-Moll ist unser beider Tonart, unsere musikalische Verbindung, Eheringen vergleichbar. Er wusste, dieses Qintett erinnerte an das Robertsche *Klaviertrio in d-Moll* und zugleich an die *Davidsbündlertänze*, die *Kreisleriana*. Es war mit gleicher Leidenschaft verbunden, geknüpft, gekettet an diese wunderbare Frau.

Und wehmütig dachte er an den toten Freund Robert, sah sein zerquältes Gesicht, sah es vom nahen Tode gezeichnet, als er ihn in Endenich besucht hatte, zusammen mit Joachim.

Seine ganze Glut übertrug er nun mit den Fingern auf die Tasten, spielte den ersten Satz noch einmal von vorn. Clara hatte aus dem Anfang dieses Satzes sofort die *Kreisleriana* herausgehört, wie sie dieses Stück ihres toten Mannes auch durch alle anderen Sätze hindurchschimmern spürte, und sie hatte herausgefunden, dass Brahms' *fis-Moll Sonate* in das Quintett eingebettet war, jene Sonate, die sie so geliebt hatte. Eine Botschaft? hatte sie gefragt, während er verlegen geschwiegen hatte. Und an ihm zogen, während er spielte, die Bilder der glücklichen wie der schmerzenden Jahre vorüber, Baden-Baden, Johannisthal, Hamburg, all die Orte gemeinsamer Erlebnisse, liebevoller Begegnungen. Aber, als er das Andante, un poco Adagio spielte, sah er das grame Gesicht der Mutter, das verheulte Gesicht Elises vor sich, dachte an des Vaters wütende Worte und Vorwürfe, welche die Mutter betrafen, von der er sich trennen wollte, mit der es wegen jeder Kleinigkeit Streit gab, und Clara, die bei den Eltern in Hamburg gewesen war, hatte ihm geschrieben. Jedes Wort, jeder einzelne Buchstabe dieses Briefes waren in sein Gedächtnis gegraben. Und das Finale, poco sostenuto spielend, sagte er sich diese Worte vor, laut und einzeln mit Betonung: »Bei Deiner Mutter war mir gar weh ums Herz, alles so auseinandergestoben, und welche Trostlosigkeit! Deine Mutter und Elise immer in Tränen, dann wieder Dein Vater, der mir sein Herz ausschüttete ... ich sage Dir, ich bin ganz elend davon!« Ja, die Familie, seine Familie, sein Halt, auseinandergestoben, wie Clara geschrieben hatte, und vier Monate später war die Mutter tot. Warum dies alles? Warum? Bis heute fand er keine Erklärung, warum, dachte er, das Finale spielend, quälen wir einander so, warum fügen wir uns Schmerzen zu, warum lassen wir nicht einmal ab, wenn der andere in Tränen schwimmt, warum lieben wir und hassen wir mit gleicher Leidenschaft. Und gerade die, mit denen uns die stärksten Bande verbinden, mit denen wir zusammen gehören wie nichts auf dieser Erde, gerade von denen kommen die größten Schmerzen, gerade denen fügen auch wir das stärkste Unglück zu. Und dann, wenn wir uns wieder sehen, drüben in der anderen Welt, wenn nichts wieder gutzumachen ist, dann ist es zu spät. Was nützt uns die verzeihende, hingebungsvolle Liebe im Jenseits, dachte Brahms, wenn wir sie hier auf der Erde nicht geachtet haben, wenn wir damit umgegangen sind, als hätten wir zuviel, all zuviel davon, könnten freigebig sein, könnten sie verschütten wie Wasser aus einer zu vollen Schüssel. Ja, dachte er, die letzten Akkorde greifend, die Violinen und ihr Singen inbrünstig hörend, dieses Fühlen im Unglück, dieses Wissen um das Leid ist ein starkes Bindeglied zwischen uns gewesen, zwischen Clara und mir, und ist es immer noch. Beide konnten wir nicht ohne Familie sein, beide waren wir mit starken Seilen gebunden, beide fanden wir aber nicht zueinander, um eine neue zu gründen. Denn wir wissen um das Leid, wir wissen, wie es um uns bestellt ist, wenn eine Familie auseinander bricht, eine Familie, das innigste Glied zwischen Menschen. Ja auch mir wird ganz elend davon, wenn ich an zerbrechendes Glück, an Feindschaft und Hass zwischen Menschen denke, die füreinander in Liebe geboren, die sich lieben sollten, ein ganzes Leben lang. Und ich werde die Furcht davor nicht los, dachte er, diese Furcht vor zerbrechendem Glück. Denn nichts ist flüchtiger. Ein Wort genügt, ein falsches Wort, ein winziger Verdacht und Misstrauen reichen aus, oder eine Krankheit, oder der Tod, plötzlicher unvorhergesehener Tod, und alles zerbricht,

stiebt auseinander wie Spreu im Wind. Ja, diese Furcht, so dachte er jetzt, den letzten Ton anschlagend, ist mein Motor, der mich vorwärts treibt. Das ist die Wahrheit! Doch ganz soll, ganz kann es mich nicht treffen, solches Missgeschick, mich, der ich ruhelos wandern muss, den es umtreibt, und der immer wieder hoffen muss, das Glück käme eines Tages zu ihm. In dieser Sehnsucht lebe ich, dachte er, in Sehnsucht, wie auch meine Musik diese ausdrückt, in Sehnsucht nach dem kommenden, mich nie erreichenden Glück. Irgendeiner hat treffend gesagt, meine Musik ist fortschreitende, immerwährende Sehnsucht nach Glück, ist die Musik des ewigen Wanderers und Glücksuchers, ist das ewige Streben, das nie Erreichen. Wer, wie ich, das Ende kennt, und dieses Ende so viele Male mitansehen musste, hat Angst vor dem Anfang. Vor jedem Anfang. Das ist die nächste Wahrheit!
Oh, heute Abend ist ein Abend der Wahrheiten!
Wie oft, dachte er, wollte ich diese Wahrheiten Clara erklären, vielleicht tu ich es morgen. Ja, bestimmt morgen. In Tönen hab ich es hundertfach getan, und sie hat mich auf diese Weise verstanden, wie ich weiß, sie hat mich an meinen Tönen erkannt, aber in Worten redeten wir nie, in gesprochenen, trockenen, unmissverständlichen, klaren Worten; immer nur erklärt haben wir des anderen Unglücks, in Tausend Symbolen und Andeutungen, in Briefen, immer wieder in Briefen, nicht Auge in Auge, niemals im Angesicht, nie von Mund zu Mund. Wir sind umeinander geschlichen, ohne uns wirklich zu berühren, wir logen, indem wir uns liebten und liebten uns, indem wir logen. Was uns wirklich zusammen hielt, wissen wir beide bis heute nicht, doch die Zeit verrinnt. So müssen wir uns endlich die Wahrheit sagen. Ich will es, will es tun.
Er war aufgestanden und begann, die Hände auf dem Rücken, im Zimmer umher zu laufen. An Schlafen dachte er nicht. Warum, so überlegte er jetzt, denke ich diese, meine Wahrheiten, wenn ich sie nur in mir verschließen, sie keinem sagen kann, auch den

Freunden nicht, Billroth zum Beispiel, oder Herzogenberg oder Simrock oder Bülow oder Wüllner, dem lieben Franz Wüllner. Warum nicht. Immer wusste ich dies alles, hab es immer mit mir herumgetragen, kannte mein Innerstes. Oh, ich kannte meine Wahrheiten, aber selbst zu Clara schwieg ich.
Doch was hätte es genutzt. Wäre ich, wenn ich außer in meinen Tönen zu irgendjemandem geredet hätte, wäre ich glücklicher geworden. Hätte ich meine Angst verloren. Hätte ich eine meiner Angelegenheiten besser gelöst. Nein, sprach er laut zu sich, ich hätte sie nicht verloren, diese Ängste, es bleibt mein Schicksal, gewiss bleibt es das. So ist es, und so wird es bleiben.
Wieder setzte er sich an den Flügel. Doch er spielte jetzt Bach, spielte die französische Suite. Und seltsam, je weiter er spielte, desto mehr fühlte er sich von dieser Musik gereinigt. Immer klarer, immer heller wurde es in ihm. Es war wie eine Waschung, alle Schwermut fiel von ihm ab, Reinheit gewann die Oberhand, Praktisches, Lebensnahes, Übersichtliches. Er spielte und wurde heiter. Oh, geliebter alter Bach, murmelte er, obwohl du Protestant warst wie ich, ist mir, als würde ich beichten, als erleichterte ich mir die Seele. Schließlich sang er leise mit, während er spielte. Und mit dem letzten Ton atmete er befreit, rief halblaut in den Raum: Ich danke dir, mein Schöpfer! Dann zog er sich Hosen und Hemd vom Leibe, streifte ein Nachthemd über, löschte das Licht, ließ sich auf sein Bett fallen.
Schon nach einigen Minuten sah man Brahms, den Bart aufragend und das Gewirr der Haare vom hereinsickernden Mondlicht silbern beleuchtet, gleichmäßig atmen, und es waren leise Schnarchlaute zu hören, die ab und zu von einem Räuspern und Luftschnappen unterbrochen wurden.
Der Morgen weckte ihn mit dem Sonnenlicht des erwachenden Tages, es war trocken geblieben, die Wolken abgezogen, Brahms gähnte und reckte sich. Er wollte noch eine Weile liegen bleiben, denn er liebte diese Morgenstunde, da die Gedanken sacht und

leise herbeikamen, vorsichtig, als klopften sie an, als erkundigten sie sich nach seinem Befinden. Und oft war da Neues entstanden. Die besten Ideen waren ihm immer am Morgen im Bett gekommen, dachte er.

Da klopfte es an seiner Tür. Die leise fragende Stimme eines jungen Mannes hörte er. Es war Josef, der achtzehnjährige Neffe der Witwe Laschitz, der, Student an der Künstlerakademie in Wien, hier seine Ferien verlebte und der Tante aushalf, so gut er konnte. Wahrscheinlich wird er mich fragen, dachte Brahms, wie ich die Besucherzimmer arrangiert haben möchte, wohin der Flügel gestellt werden sollte, wohin die Blumen kämen, wie die Möbel zu stellen wären und was ich sonst noch wünsche. Herein, rief er, doch sogleich fiel ihm ein, dass er ja abgeschlossen hatte, der Schlüssel von innen steckte.

Bitte einen Moment, ich komme, warte, Josef, mein Junge! Er wand sich aus dem Bett, fuhr in die Pantoffeln. Ging zur Tür, wie er war, im Hemd. Josef strahlte. Er war eifrig, froh, für den verehrten Meister etwas tun zu dürfen. Die Tante hat mich beauftragt, stieß er heftig atmend hervor, Sie bekämen Besuch und wollten …

Ja, ja beruhige Dich nur, komm ins Zimmer. Er freute sich, den Jungen zu sehen, liebte die Frische, das Hastige, Ungestüme, erinnerte sich, einst selbst so überschäumend, so ungebärdig gewesen zu sein. Und er freute sich an Josefs Äußerem, den blitzenden blauen Augen, bei denen das Weiße rein und klar wie bei einem kleinem Kinde war, dem rosigen, sanft geschwungenen Mund mit dem bärtigen Flaum darüber, den zarten und doch festen Gliedern. Einmal hatte er vom Fenster aus den Jungen im Hof gesehen, wie er sich unter der Pumpe wusch. Nur in den leinernen Unterhosen hatte er dagestanden. Die weiße, fast jungfräuliche Haut hatte er gesehen, den Knaben und den doch schon männlichen Körper bewundert, und ihm war, daran erinnerte er sich jetzt, eine seltsame Lust aufgestiegen, eine Lust, die aus einer

Liebe zu sich selbst und seiner eigenen vergangenen Jugend kam, eine Lust, die aber auch nach Unberührtem gierte, nach zarter Unberührtheit, nach Verbotenem, nach Verruchtem. Daran dachte Brahms jetzt, während Josef vor ihm stand und darauf wartete, seine Befehle zu bekommen, und auf einmal wurde er sich seiner Unbekleidetheit bewusst, schämte er sich, vor diesem Achtzehnjährigen nur im Nachthemd zu stehen, ja eine Panik griff nach ihm, denn seine Erinnerungen hatten ihn erregt und er blickte an sich herunter. Rasch drehte er sich weg, zog einen Morgenmantel über, den er vergessen und der in Falten über einem Notenständer hing. Ja, also, sagte er schnell, dem Jungen noch immer den Rücken zuwendend, ich habe Deiner Tante meine Wünsche vorgetragen. Drei Zimmer brauche ich, einen Flügel, Mobiliar, was eine Dame nötig hat, eine Dame von Welt, verstehst du, und Blumen. Sie liebt Blumen, Lilien vor allem, auch Rosen. Und, wenn sie angekommen ist, einen Imbiss. Eine Kleinigkeit mit frischem Obst. Und ein Fläschchen Marillenlikör, ein Fläschchen, verstehst du, und Brahms machte, indem er sich umwandte, mit den Fingern ein Zeichen, eine Kristallkaraffe genügt.
Der junge Mann nickte eifrig, und seine Augen leuchteten. Und es ist wirklich Frau Schumann, die hier ankommt, fragte er, meine Tante hat es mir verraten. Er lachte. Werden Sie sich mit ihr unten zeigen? Josef deutete mit der Hand in Richtung des Gasthofs, der gleich neben dem Sulkowskischen Gute lag. Oder im Bahnhofshotel? Da ist am Samstag eine Feier des Steiermärkischen Alpenvereins.
Brahms schüttelte den Kopf: Ich weiß nicht, wie lange mein Besuch hier bleiben wird. Gewöhnlich logiert die Dame nur ganz kurz.
Es ist aber doch Frau Clara Schumann?
Brahms antwortete nicht. Irgendwie war es ihm peinlich, dass er jetzt mit diesem Jungen von Clara reden sollte. Es war eine Hemmung in ihm, die er selbst nicht kannte, die plötzlich wie

eine Sperre in ihm aufgetaucht war. Er konnte nicht. Was spielen wir denn gegenwärtig auf dem Klavier? fragte er stattdessen und versuchte ein Lachen. Ach, antwortete Josef und wurde verlegen. Nichts rechtes, sagte er, nichts von Ihnen, Herr Brahms, etwas aus den Kinderszenen von Schumann. Das nennst du nichts rechtes? Brahms ereiferte sich: Die Musik nach Beethoven beginnt mit Robert Schumann. Er ist der wichtigste Geist gewesen, den unsere deutsche Musik gebraucht hat. Ohne ihn gäbe es keinen Johannes Brahms. Dies solltest du dir merken, mein Junge. Josef nickte, an Brahms Lippen mit dem Blick hängend, sagte er: Ich will es nicht vergessen. Und da er Brahms Blick sah, der zu erwarten schien, er möge sich sogleich ans Klavier setzen, um diesen Schumann zu spielen, rief er: Wenn ich Ihnen ein anderes Mal daraus vorspielte, Herr Brahms, jetzt muss ich doch die Zimmer herrichten. Adieu, Herr Brahms! Und er eilte davon.
Brahms hatte dem Abgehenden nachgeschaut. Eine unbestimmte Traurigkeit schien mit dem Weggang Josefs im Raum zu schweben, Brahms sah der Knabengestalt nach, die durch die Tür verschwunden war, er fühlte sich wie selten berührt, ihm war, als enteilte seine eigene Jugendgestalt, als verließe er, der junge Ungestüme ihn, streifte eine schillernde, hübsche Hülle ab und ein alter Mann bliebe hier in der Fremde, hier in diesem Pensionszimmer in Mürzzuschlag zurück. Ich bin ein alter Mann, dachte er. Entschwunden ist die Jugend. Für immer davongeeilt und dabei lachend und frohen Sinnes. Nie mehr, dachte er, kann ich so werden wie dieser Knabe ist. Und dieses kleine Wörtchen »nie« – »niemals wieder« saß wie ein giftiger Stachel in ihm.
Er blickte zum Spiegel hinüber, einem großen Wandspiegel mit schwerem goldenen Rahmen. Ein dunkler Schatten, der von draußen kam, huschte drüber hin, eine Wolke hatte sich vor die Morgensonne geschoben. Plötzlich sah das Zimmer gespenstig aus. Die Dinge schienen wie aufgeschreckt aus nächtlichem Schlaf, in dem sie sich gerade befunden, die Schatten krochen

jetzt so wie niedriges Getier. Brahms stand erschrocken und still. Doch der Spiegel lockte mit seltsamer Macht. Dort regte sich immer etwas, wenn er hinsah. Er konnte niemanden fragen, zu keinem klagen: dort im Spiegel war noch etwas, dass Antwort gab, das nicht stumpf blieb, sich regte und ihn unentwegt ansah, ihn anzublicken schien, als wüsste es auf alles die gültige Antwort.
Was aber sollte er ihn fragen, diesen geheimnisvollen Spiegel? Wie viel Zeit ihm noch bliebe, wie lange er noch Gesundheit und Kraft behielte, was er noch schaffen könne? Er, der noch so viel schaffen wollte, der sich noch nicht ausgesungen fühlte wie mancher seiner Kollegen. Was sollte er fragen, dachte er still und verwundert. In Claras Augen hatte er sich oft gespiegelt, hatte gefühlt, dass aus ihr zu ihm Kraft überströmte, die ein Teil von Roberts Kraft gewesen war, dem väterlichen Freund und Lehrer, und die zum anderen Teil die Kraft der Liebe gewesen war, der Liebe zu dieser älteren Frau, die er angebetet hatte. Jetzt eben hatte er im Spiegel der Augen des jungen Josef gestanden und hatte gesehen, seine Zeit war abgelaufen, unwiderruflich war etwas vorbei, was uneinholbar schien.
Und nun dieser Spiegel! Ein Spiegel, den er sonst übersehen hatte, an dem er vorüber gegangen war, ohne ihn zu beachten, in den er hineingeschaut hatte, gelangweilt und kalt. Jetzt aber hatte er ihn erkannt, diesen Spiegel. Die Schatten waren es, die darauf gefallen waren, Schatten, die den Raum in gespenstiges Licht tauchten. Er sah angstvoll hinein in das flackernde, seltsam bestrahlte Glas. Er starrte hinein, als stünde sein Schicksal und alles Kommende darin. Und er erschrak: denn war er das wirklich, der ihm da gegenüber stand? Hohle eingefallene Schläfen, schlaffe Wangen, müde, verquollene Augen, tiefe Kerben von der Nase zu den Mundwinkeln, der Bart wirr und ungepflegt und der ganze Körper unförmig, aufgetrieben auf schwachen, haarlosen Beinen. Hilfesuchend und angstvoll starrte ihn der da aus dem Spiegel an. Er schüttelte sich. Das war Spuk, das war niemals Johannes

Brahms. Er versuchte ein Lächeln, doch das Lächeln kam kalt und erstorben zurück.

Doch der Spiegel log nicht. Brahms betastete sich. Zuerst das Gesicht, dann den Leib. Genauso wie der da im Spiegel, war auch er – ein alter, ein unansehnlicher Mann. Ein Grauen, das Kühle von seinem Innern brachte, eine Kühle, die das Blut langsamer kreisen ließ, ein Grauen über sich selbst erfasste ihn. Er spürte, wie eine Lust, sich zu verhöhnen, über ihn kam. Das war also der gefeierte Musiker Johannes Brahms? Das war der, dessen Schaffenskraft ungebrochen schien, der seine vierte Symphonie im Begriff stand zu erschaffen. Jedes Wort, jede neue Note ein Hohn, dachte er. Ein Jammerbild! Die Gestalt im Spiegel grinste, sie verlachte ihn. Er trat näher, um sich besser zu sehen, hob die Hand an die Augen. Doch je näher er trat, desto älter wurde das Antlitz, das ihm entgegen kam, desto gebrechlicher die Gestalt im Spiegel. Jede Minute, die er hineinblickte, schien ihm Lebensjahre wegzunehmen. In rasender Geschwindigkeit alterte er. Die Anzahl der Falten wuchs, immer greisenhafter wirkte er, immer hohler und verfallener sah er sich. Ihm schien, als färbte sich das grau durchwirkte Haar auf einmal weiß. Angst fiel ihn an. Angst und Panik. Er hob den Arm, ging auf den Spiegel zu, wollte ihn zertrümmern. Ein wirrer, verfallener Alter kam ihm daraus entgegen.

Wollte denn da draußen nicht endlich die Sonne hinter den Wolken hervorbrechen und dem Spuk hier ein Ende machen. Bestimmt, dachte er, liegt das Ganze nur an diesen Schatten, die hereingedrungen sind wie unerwünschte Geister, und gleich, wenn die Sonne wieder scheint, ist nichts mehr zu sehen von all dem Gespenstigen. Mehr Licht, dachte er und sah sich nach einem Leuchter um. Auf dem Kaminsims stand eine Petroleumlampe. Er griff nach ihr, drehte den Docht. Eine fahle Helle blitzte auf. Im selben Moment tauchte die wiederkehrende Sonne das Zimmer in gleißendes Licht. Die Schatten verschwanden, der Spuk war vorbei. Er sah sich, wie in Gold getaucht, vor dem Spiegel. Er schüttelte den Kopf.

Doch während er seine Morgentoilette absolvierte, sich wusch, kämmte, anzog, glimmte in seiner Brust ein kleines Unbehagen weiter. Der Grusel vor dem im Spiegel Gesehenen blieb noch in ihm hocken, und als er sich nach dem Frühstück auf den Weg zum Bahnhof machte, um Clara zu erwarten, da suchte er sich zu beruhigen, strich er sich über Gesicht und Leib, wieder und wieder, befühlte sich, zwickte und zwackte sich, ob das Leben noch in alter Weise in ihm wäre, dass er noch in Saft und Kraft stünde und kein so alter Mann wäre, wie ihm dieser verdammte Spiegel hatte weismachen wollen.

ΩΩ

Zur Mittagszeit, gegen zwölf sollte der Zug aus Wien ankommen. Jetzt, eine halbe Stunde vor dieser Zeit, war es einsam und still auf dem Bahnhof. Ein paar Bauern standen herum, warteten. Vor der kleinen Bahnhofshalle hockten zwei Kutscher auf ihren hohen Böcken, dösten ebenso wie ihre Pferde, welche die Augen geschlossen, träge mit den Ohren spielten oder ab und zu mit dem Schweif peitschend lästige Fliegen verscheuchten. Ein Dienstmann ölte seinen Wagen. Ein anderer saß, die Beine ausgestreckt, auf einer Bank, hielt eine Flasche Bier auf dem Oberschenkel, spielte mit ihr, indem er sie ab und zu losließ und wartete, ob sie aufrecht bliebe. Dann trank er wieder einen Schluck, gähnte, schaute auf die weitertickende Bahnhofsuhr.

Brahms hatte sich vor dem Bahnhof auf einen grauen Meilenstein gesetzt, hatte vorher, bevor er sich niedersetzte, ein Taschentuch ausgebreitet, nun blickte er abwechselnd auf die Bahnhofsuhr und sein Taschenchronometer, verglich den Stand der Zeiger, der unterschiedlich war. Er schüttelte den Kopf, brummte vor sich hin, dachte an Clara, wie sie aus dem Zug stiege, wie er sie begrüßte, stellte sich ihr Bild vor, wieder und wieder. Ob sie, die nun vierundsechzig Jahre alt war, noch kräftiger geworden wäre, ob ihr schwarzes Haar noch immer kaum graue Strähnen zeigte, ob ihre Augen noch immer so strahlend wären, und, so dachte er ein wenig ängstlich, ob sie die Reise nicht zu sehr angestrengt hätte, wie daher ihre Stimmung wäre, ob fröhlich-heiter und ausgeglichen oder mürrisch und zum Nörgeln neigend. Dies hatte ihn immer unsicher gemacht, und er fühlte dann den Altersunterschied, glaubte sich bei der Mutter oder einer strengen Lehrerin. Brahms hatte an einem Blumenstand einen Strauß Veilchen gekauft. Jetzt drehte er sie zwischen den Fingern hin und her, betrachtete die Blüten immer wieder, roch daran. Sie liebte Veilchen, besonders in solchen kleinen Handsträußchen. Nach Lilien und Rosen waren es ihre liebsten Blumen. Dies wusste er sicher. Über die Blumen würde sie sich freuen. Verstohlen betrachtete er seine Fingernägel, und sah sie zu lang mit dunklen Rändern, besonders die linke Hand; er sah auf die staubigen Schuhe, die abgewetzten Hosenränder. Oh, mein Gott, dachte er, wie sehe ich aus, wie laufe ich herum. Er wusste, Clara sah diesen Zustand sofort, sie würde den Kopf zurückwerfen und fragen, ob er sie beleidigen wolle in diesem, seinem Aufzug. Er winkte einem Schuhputzer, der, unbeschäftigt ein paar Meter weg, Spatzen gefüttert hatte. Wenigstens die Schuhe würden blitzen. Er nahm den Kneifer ab, hielt die Gläser gegen das Licht und rieb dann mit dem Jackenärmel drüber hin, damit sie glänzten. Wieder zog er das Taschenchronometer aus der Westentasche. Es war ein paar Minuten vor Zwölf. Der Bahnhofsvorsteher eilte, die rote Mütze zurecht rückend, hinaus auf den Bahnsteig. Brahms stand langsam auf und ging ihm nach. Er stellte sich an die gemauerte Kante, sah auf die ein wenig tiefer liegenden Schienen und blickte dann den glitzernden Stahlsträngen nach, wie sie sich scheinbar verjüngend zueinander strebend in der flimmernden Ferne verloren.

Er hörte den Zug, bevor er ihn sah. Er hörte das Schnaufen und

Rattern, dann einen gellenden Pfiff, und er sah den schwarzen Koloss, zuerst als kleinen, schnell größer werdenden Punkt auf sich zukommen, bis das lärmende, dampfende Ungetüm schließlich auf ihn zuraste, an ihm vorbeischoss, um Augenblicke später, Dampf und den Geruch nach verbranntem Öl ausstoßend, unter ohrenbetäubendem Kreischen stillzustehen, hinter sich die lange Reihe der fenstergeschmückten Waggons. Das Kreischen pflanzte sich bis zum letzten Wagen fort, und mit einem Ruck stand der ganze Zug. Die Stimme des Bahnhofsvorstehers kündete von der Ankunft, Türen öffneten sich zögernd, und die ersten Reisenden kletterten, ihr Gepäck vor sich haltend, heraus. Schnell waren die Dienstmänner mit ihren Wagen heran, und der Bahnsteig füllte sich mit Ankommenden und ihren einheimischen Begrüßern, die auf einmal alle irgendwoher gekommen waren. Brahms kniff die Augen zusammen. Wo ist Clara? Aus welchem Abteil wird sie steigen? Oder ist sie etwa schon ausgestiegen?

Er konnte sie nicht ausmachen, sah sie nirgends. Schon glaubte er, dass sie den Zug versäumt und irgendein unvorhergesehenes Ereignis sie aufgehalten hätte, schon dachte er zerknirscht, sie käme wieder einmal nicht, was schon häufig passiert war in vergangener Zeit. Sie narrte mich, dachte er, die hohe Frau, wie Hanslick sie oft nannte.

Dann, mitten in solchen Gedanken, sah er sie. Sie stand, schwarz gekleidet, einen grünseidenen Sonnenschirm schräg über sich haltend, ein paar Köfferchen neben sich abgestellt, wie eine Statue, wie eine griechische Tragödin, Klytaimnestra verkörpernd, auf dem Bahnsteig, nur einige zehn Meter entfernt, und blickte lächelnd, den Kopf ein wenig vor der Sonne schützend, zu ihm hin. Sie machte keine Bewegung, sie winkte nicht, sie rief nicht, verriet sich mit keiner Körperbewegung. Sie stand nur und lächelte. Wie auf der Bühne, dachte Brahms, wie nach ihren Konzerten, auch da stand sie immer so, wartete, dass man sie begrüßte, feierte, dass man ihr huldigte.

Er eilte auf sie zu, ergriff ihre hingestreckten Hände, bedeckte sie mit Küssen. Meine liebe Clara, ich freu mich so, stammelte er, ihre Hände immer wieder küssend. Sie ließ es geschehen, lächelte, sagte schließlich: Johannes, Lieber, ich freu mich, dich zu sehen! Küss mich auf die Stirn, bitte. Er tat das, hastig, eifernd, mit Inbrunst. Dann küsste auch sie ihn, auf beide Wangen, mütterlich fast, doch mit Festigkeit und Wärme. Wie die Reise denn gewesen wäre, hörte Brahms sich sagen, ob sie denn keine Beschwerlichkeiten gehabt hätte und wie es mit ihrem Herzen ginge. All dies fragte er, neben Clara her gehend, während ein Dienstmann das Gepäck auf einen Handkarren geladen hatte und nun hinter ihnen her trottete, und er, dachte bei sich, als er diese Alltäglichkeiten fragte, wie und vor allem wann er ihr von seiner neuen Symphonie reden solle. Er wusste bei ihr nie, wann der rechte Zeitpunkt für solche, seine Musik betreffenden Gespräche gekommen war. Manchmal war sie interessiert und wollte Einzelheiten, dann wieder wandte sie den Kopf uninteressiert zur Seite, fing von seinen Angelegenheiten an, von Simrock, von Geldsachen, die er so verabscheute, von Banalem oder den Kindern zu reden, und er verschob seine Musik nach hinten, und es ist vorgekommen, dass sie gar nicht davon gesprochen hatten, Clara wieder abgefahren war, ihren Kurzbesuch beendet hatte, und er sie nichts hatte fragen können. Dabei war ihm das, seine Musik und ihr Urteil darüber, immer das Wichtigste gewesen. Er brauchte ihre Meinung, ihren Rat, ihre Kritik, ihr Lob besonders, brauchte ihre zusprechenden Worte, brauchte, dass sie sich ans Klavier setzte und einfach aus dem Kopf seine Musik spielte, brauchte sie, wie er als Junge die streichelnde Hand der Mutter ersehnt hatte, wie er tagelang nur den einen Gedanken gehabt hatte, wie hätte er sie, die Mutter, erfreuen können, wie bekäme er ihre Liebe zu spüren. Ja, dachte er jetzt, neben Clara Schumann hergehend, ich bin süchtig nach ihren Worten zu meiner Musik, denn mit dieser Musik sage ich ihr, was ich ihr sonst nicht

zu sagen wage, mit meinen Noten dringe ich in sie ein, bringe sie zum Schwingen. Nichts brauche ich sehnlicher, dachte er, als Claras Zustimmung, ihre Begeisterung, ihre Beglückung zu meinen Tönen. Und er hörte wie von Ferne, sie sei ohne Erschwernisse hier angekommen, auch in Wien sei sie gut abgestiegen, doch sie müsse heute Abend schon wieder zurück, oder vielleicht spätestens morgen früh, denn sie habe ein Konzert in Hamburg am fünfundzwanzigsten, also übermorgen.
Ach, sagte Brahms eifrig, jetzt führen doch andauernd Züge, auch am Morgen, und er habe ihr, wenn sie bleiben wolle, ein paar Zimmerchen zurecht machen lassen, gleich in seiner Nähe auf dem Sulkowskischen Gute, und sie hätten sich doch lange nicht gesehen. Da gäbe es viel Neues ..., sagte er, ein wenig hastig und atemlos, ärgerte sich im selben Moment über sich, ärgerte sich über diese Worte, es gäbe Neues, und wie er den Satz ein wenig lauernd abgebrochen hatte, denn er kannte Clara. Sie liebte es nicht, rekommandiert zu werden, wollte immer die Herrin ihrer Entscheidungen sein, sie würde ahnen, dachte er sogleich, dass sich hinter »es gäbe Neues« ein neues Vorhaben von ihm verbergen könne und er sie zu einer Meinung nötigen wolle, einem Urteil, das sie nur gab, wann sie es für richtig hielt und das niemals herausgefordert werden durfte. Und richtig, er sah, wie ihr Kopf zitterte, diese scheinbar unwillkürliche Bewegung, die sie immer dann ergriff, wenn ihr etwas nicht zu passen schien, dieses leise Zittern, das er an ihr seit einigen Jahren kannte, dass erst nach Roberts Tod ausgebrochen schien und dass sie anfiel, noch bevor sie den Mund öffnete oder die Brauen unwillig hochzog. Doch das Zittern ging diesmal vorüber, ohne dass sie etwas gesagt hatte. Und nach einer Pause, in der beide, nebeneinander gehend, vom Dienstmann gefolgt, den Bahnhof verlassen hatten, sagte Clara plötzlich, und von Brahms nicht mehr erwartet, ja, ihr Herzleiden sei gottlob zur Zeit erträglich, vielleicht läge es an der Medizin, die sie nun täglich einnehmen müsse, oder dass

sie jetzt weniger Konzerte gäbe und sich mehr dem Unterrichten widme. Die Stelle in Frankfurt als Professorin (sie lachte) mache ihr viel Freude. Nein, gottlob, das Herz, sagte sie wieder, mache ihr in diesem Jahr wenig zu schaffen. Das freut mich, antwortete Brahms zerstreut und fragte: Wollen wir laufen oder eine Droschke nehmen. Bis zum Sulkowskischen Gute seien es nur fünfzehn Minuten Weg. Sie nickte, ja, das Wetter wäre angenehm. Also gingen sie weiter zu Fuß. Brahms seufzte, öffnete den Mund, betrachtete Clara aus den Augenwinkeln. Obwohl er sich hier im Semmering wohl und gesund fühle, sagte Brahms neben Clara gehend, er nickte bekräftigend, ja, beinahe jung fühle er sich hier, und er spürte, während er dies sprach, wie er jetzt in einem Zuge reden müsse, immer reden, irgendetwas reden, nur nichts von seiner Vierten dürfe er jetzt sagen, alles, nur nichts davon dürfe ihm herausrutschen, obwohl er sich hier also frisch fühle, wiederholte er, habe er am heutigen Morgen, und seine Stimme klang unnatürlich hell und aufgesetzt, eine seltsame Vision gehabt. Plötzlich, von einem Augenblick auf den anderen, sagte er, habe er sich, vor seinem Spiegel stehend, als gealterten Mann gesehen, mit Falten, eingefallenem Gesicht und leeren Augen. Angst habe er bekommen und sich dem Sterben nahe gefühlt. So nahe wie noch nie, Clara! Nein, wir sind nicht mehr jung, sagte er. Wie viel Zeit bleibt uns noch? Sag mir, wie viel Zeit? Clara Schumann schritt neben ihm, hielt den Schirm gegen die Sonne, wieder zitterte ihr Kopf ein wenig. Doch sie schwieg. Und Brahms redete und redete. Nach kurzer Pause, in der er seinen Hut abwechselnd von der rechten Hand in die linke genommen, sich den Schweiß von der Stirn gewischt hatte, sprach er ohne irgendeinen Übergang von Italien, vom Süden, wie schön es dort wäre. Du solltest, sagte er, durchaus noch in diesem Jahr ein paar Wochen hinunter fahren. Nimm Elise mit. Sie wird sich schon freimachen können. Von Mitte September bis Ende Oktober solltet ihr fahren. Da ist es erträglich für uns Germanen (er lachte). Und Ihr solltet, sagte

Brahms, mit der festen Absicht reisen (wie ich Dir schon früher geschrieben habe), im nächsten Frühjahr wieder hinzufahren. Nichts ist schöner, glaube mir, wenn man im Herbst schon da war, als im Frühling wieder zu kommen und sich dann zu erinnern. Man freut sich des Aufblühens, der frischen Farben, der lieben Luft. Es ist, als wäre die alte Welt, die man in seiner Erinnerung hat, neu entstanden. Doch wichtig ist, wenn ihr reist, dass Programm der Reise. Du müsstest Dir zur Regel machen, Clara, so wenig wie möglich und so langsam es geht zu sehen. Das ist das Wichtigste. Nichts solltet ihr euch aufdrängen lassen, noch dieses und jenes zu sehen. Man kann nicht alles sehen, doch wie leicht geschieht, dass die Eindrücke zu stark werden und man dann doch zu viel und zum Schluss nichts gesehen hat. Ich mach Dir gleich ein solches Programm, Clara, wenn Du mit Elise im übernächsten Monat fahren solltest. Brahms sprach schnell und ohne Pause, während Clara neben ihm ging. Mit ihren beschatteten Augen, in denen kleine Fünkchen tanzten, musterte sie die bemalten Hausfassaden, die kleinen sauberen Vorgärtchen. Langsam drehte sie den Sonnenschirm mit den Händen, kleine Schatten, die sich mit Sonnenkringeln abwechselten, wanderten über ihr Gesicht. Ein winziges Lächeln huschte von den Augen über die Nase zum Mund und verschwand. Brahms redete weiter. Das Einzige ist, sagte er, und fast ein wahres Glück, wie Du ja weißt, dass die Musik in Italien nicht auch noch entzückend ist. Wäre sie wie die Landschaft, wie die Luft und all die südlichen Herrlichkeiten, man wäre gefangen in einem Glückskäfig und wollte nie mehr nach Hause. So aber ist die Musik einfach schauderhaft. Als ich im letzten Jahr wieder unten war (ich schrieb es Dir!), musste ich eine dieser unerträglichen Gartenkonzerte anhören. Noch heute tun mir die Ohren weh. Also, ich glaube, sagte Brahms, ihr, also du und Elise, solltet die Reise in Venedig beginnen. Ich habe mir gedacht, sprach er im Eifer weiter, Venedig wäre für euch der bequemste und entzückendste Genuss.

Tagsüber schlendertet ihr über den Markusplatz und abends säßet ihr in beleuchteten Gondeln und führt die Kanäle entlang. Nicht zu viel in Kirchen und Galerien solltet ihr gehen, sondern dafür mehr auf Fisch- und Gemüsemärkte. Dort ist das Leben grell und italienisch bunt. Und es riecht so wunderbar nach all dem, was einem Appetit macht, nach Thymian und Rosmarin, nach Lavendel und frischem Fisch. Dann solltet ihr jedenfalls direkt nach Florenz fahren, wo ich im vergangenem Jahr gewesen bin. Du weißt, ich schrieb dir, wenn auch auf unschicklichem Papier, mehrere Briefe von da. Gewiss hast du sie des Papiers wegen weggeworfen (er lachte). Von Florenz aus könntet ihr, wenn ihr eine behagliche Wohnung gemietet habt, so wie ich es getan habe, kleinere Tagesfahrten nach Siena und Oronto unternehmen. Vielleicht auch nach Perugia und Assisi. Besonders den Dom in Siena schau dir an, er ist einzigartig ...
Sag mal Johannes, unterbrach Clara den pausenlos Redenden und war, den Schirm wie einen Kreisel anmutig drehend, stehen geblieben, dies wollte ich dich fragen. Was ist denn bei deinen Honorarverhandlungen wegen des neuen Konzertes (gemeint war das *2. Klavierkonzert*) bei Simrock herausgekommen? Vor einiger Zeit schriebst du mir darüber und jetzt hörte ich nichts mehr. Sag, hat er sich großzügig gezeigt, der Simrock?
Brahms starrte zu dem sich drehenden Sonnenschirm Claras, griff er sich in den Bart und sagte (auch er war stehen geblieben), hör mir mit dem Simrock auf. Ich werd nicht schlau aus ihm.
Hat er nicht mal Fünftausend gezahlt? fragte Clara hastig und blickte sich nach dem Dienstmann um, der ein paar Meter weit ab ebenfalls stehen geblieben war und wie ein alter Droschkengaul wartend in der Sonne döste.
Nein, mit dem Honorar bin ich mit ihm einig geworden, antwortete Brahms, ihrem Blick folgend, leiser. Er wird mir Neuntausend zahlen. Neuntausend, wie für das Violinkonzert. Dennoch, er ist Verleger, und als solcher wie alle Verleger. Man wird nicht

schlau aus ihnen. Ich schrieb ihm dies auch vor einiger Zeit. Bei Verlegern wüsste man nie im Voraus, schrieb ich, ob sie einem Gutes tun, ob man beschenkt wird, oder ob sie einen berauben. Wie unmündige Kinder, schrieb ich ihm, würden wir Musiker behandelt. Und immer seien es die vermaledeiten Geldangelegenheiten, von denen wir Musiker nicht das Geringste verstünden, nie wüssten wir, wie sich eine Honorarzahlung errechnete, wo sie hergeleitet werde, wo ihre Höhe begründet sei, und warum gerade dieses oder jenes Werk, an dem wir am meisten geschwitzt hätten, das Wenigste einbrächte …
Das schriebst Du ihm? frage Clara erregt.
Ja, sagte Brahms, das schrieb ich ihm, und ich sagte noch, dass ich freilich ihm, dem Simrock, nichts Unrechtes unterstellen möge, aber warum könnten wir Musiker nicht das gleiche Verhältnis zu unseren Verlegern haben wie die Schriftsteller zu den ihren. Freitag wüsste doch auch, so schrieb ich, warum und wofür er Geld bekäme, und der Rosegger erst (Brahms machte eine Geste, als zeige er an einen Ort jenseits der Berge), bei dem ich gestern gewesen bin, der wird es erst recht wissen. Und, so schrieb ich dem Simrock noch, wenn ich auch nicht den leisesten Schatten auf ihn, meinen herrlichen Verleger (ja, so schrieb ich wörtlich!) fallen lassen möchte, so wisse ich doch, dass gerade ich bei meiner Beliebtheit das Recht hätte, bevorzugt behandelt zu werden und Konditionen beanspruchen dürfe wie kein anderer. Ja, so ähnlich schrieb ich ihm, Clara! Stell dir das vor, so wahrhaftig schrieb ich ihm, wo du doch sonst immer sagtest, ich sei in diesen Vertragssachen zu unpraktisch, zu faul und nur schwer von schnellem Entschluss. Clara schwieg und drehte ihren Schirm, während sie, nicht aufblickend, neben Brahms herging. Ja, so fuhr dieser nun fort, und in seiner Stimme war Eifer und ein Ton, als ob er Anerkennung suchte, ja, nun solle er mein neues Klavierkonzert hinnehmen und gut verdauen, denn gerade diesen Brocken hätte ich an Peters geben wollen, und er solle bedenken, so schrieb ich

ihm, was ich ihm, dem Simrock, damit Gutes tue. Wie ein Geschenk sei es, mein Konzert, schrieb ich ihm. Und auch das Opus 82 gäbe ich an Peters so ungern, dass ich es vermutlich nicht tun werde.

Das mit dem Peters, lieber Johannes, das hast du wirklich gut gesagt, wirklich gut, sagte Clara und warf ihm einen anerkennenden Seitenblick zu, so allmählich scheinst du ein guter Schüler zu werden, wenn deine Erkenntnisse auch manchmal all zu spät eintreffen. Mein Vater wäre beglückt gewesen, wenn ich als junges Mädchen so mit den Agenten gesprochen hätte. Damals glaubte ich, mich schämen zu müssen, wenn ich irgendetwas verlangen sollte, was wie ein Opfer für die Agenten und Verleger aussah, egal ob es sich um das Programm oder das Honorar handelte. Doch der Vater hat mir das ausgetrieben, und ich danke es ihm noch jetzt. Ja, ich danke es ihm, auch, wenn ich mich seiner schämte und dachte, er wäre ein alter geiziger, nur auf seinen Vorteil bedachter Wucherer. Wirklich gut hast du das dem Simrock gesagt, Johannes. Es freut mich. Obwohl, dann wieder von einem Geschenk zu sprechen … Sie brach ab. Du weißt das wohl selbst…wieder brach sie ab, begann schneller auszuschreiten.

Freilich, das weiß ich, liebste Clara, sagte Brahms und versuchte sie einzuholen, aber er hat mir plötzlich leid getan, der gute Simrock. Ich bin eben zu weich für solche Angelegenheiten. Noch zu weich. Noch immer zu weich. Ich hab ihm geschrieben, dass ich ihm die zweihändige Klaviersache senden wolle, habe den Kirchner in Schutz genommen und zum Schlusse angemerkt, dass uns Geldsachen nicht auseinanderbringen sollten, wir uns immer einigen könnten, alles sich gütlich bereinigen ließe …

Clara Schumann war nicht stehen geblieben, damit Brahms sie einholen konnte. Ihre Schritte waren bei Brahms' letzten Worten immer schneller geworden. Er lief jetzt einen oder zwei Meter hinter ihr und rief: So warte doch, Clara, ich bin noch nicht fertig. So warte doch, damit ich dir sagen kann, welche Gemeinheit

sich der Simrock ausgedacht hat, weil er nun den hohen Preis zahlen muss für mein Konzert. Ich bin überzeugt, rief Brahms, es hängt so zusammen. Ja, jetzt weiß ich es. Es muss so zusammenhängen.
Clara Schumann war stehen geblieben, hatte sich umgewandt. Welche Gemeinheit es denn diesmal sei, rief sie, ob es wieder eine von seinen, Johannes', Geschichten sei, ob denn nun wieder eines seiner Märchen und Erzählungen käme, sagte Clara, bloße Erfindungen, die sie so manches Mal auch in seinen Briefen gelesen habe, ergänzte sie aufgebracht, ob er, Brahms, jetzt wieder ablenken wolle, weil er wisse, dass er letztlich wieder versagt habe, wieder klein beigegeben habe in der Simrocksache, wo sicher noch mehr herauszuholen gewesen wäre.
Brahms stand und schwieg betroffen.
Zwölftausend hättest du fordern sollen, Johannes, sagte Clara jetzt zornig, und ihr schwarzer Rock wölbte sich, als ob sie mit dem Fuß aufstampfte. Zwölftausend ist dein Konzert wert und sicher noch mehr. Wer weiß, was der alte Gauner Simrock aus deinem Konzert herausholen wird. Er wird an dir wieder verdienen, wie er die ganze Zeit schon an dir verdient hat. Verleger und Agenten sind Spitzbuben, wenn sie auch noch so verständnisvoll tun und einem wie Dir um den Bart gehen. Und du hast es so gern, wenn man dir um den Bart geht, nicht wahr?
Auf einmal lachte sie und streckte die Hand nach Brahms' Bart aus. Er trat näher an sie heran, umfasste ihre Schultern, während sie seine Wange streichelte. Mitten auf der Straße standen sie, eng beieinander, umarmten sich und in Brahms' Augen glitzerte es. Und der Dienstmann stand mit Claras Koffern beiseite. Er schaute gleichgültig, besah den sonnigen Nachmittag und seine Schuhspitzen.
Welche Gemeinheit hat er sich denn ausgedacht, Johannes, sagte Clara, und es klang mütterlich. Was ist es denn diesmal für eine Geschichte? So sprich schon. Sag es!

Brahms senkte den Kopf, er wusste im Moment wirklich nicht, ob die Geschichte, die er Clara erzählen wollte, nicht doch etwas kindisch und albern wirkte, ob er sich in ihren Augen nicht lächerlich machte. Nach einer Pause sagte er also: Schickt mir doch der Simrock einen Maler aus Berlin. Einen Maler namens Enke, der mich porträtieren soll. Ein unangenehm aufdringlicher Mensch, dieser Enke, ein Berliner. Und er plappert und ist aufgeregt wie alle Berliner. Den also hat der Simrock mit Auftrag hier herauf geschickt in den Semmering, mich zu malen. Und nun verfolgt mich dieser Enke auf Schritt und Tritt. Es ist ein Graus. Clara schaute zuerst mit großen Augen, mit Augen, die dunkel und beschattet waren unter ihrem Schirm, dann begannen kleine Lichtpünktchen darin zu tanzen, ihre Nasenspitze zitterte und schließlich erschütterte ein Lachanfall Hals, Schultern und Brust. Sie nahm den Schirm herunter, faltete ihn und lachte weiter aus vollem Halse. Und du meinst, rief sie lachend, der Simrock hätte dir den Maler auf den Hals geschickt, weil er sich wegen der Neuntausend an dir rächen wollte, weil er dir heimzahlen wollte, dass du ihn zu diesen Neuntausend überredet hast, wo er in Wahrheit Zwölftausend hätte zahlen können und Zwölftausend hätte zahlen sollen und Zwölftausend hätte zahlen müssen. Oh, Johannes, lachte Clara, oh mein Johannes was bist du nur für einer. Was bist du nur für ein großer Junge! Lass dich doch malen, Johannes, und schick dem Simrock die Rechnung. Er soll dich porträtieren und dein Verleger zahlt. Das würde ich machen. Das würde Wieck gemacht haben.

Nein, Clara, du verstehst mich nicht. Simrock will mich durch diesen Maler demütigen. Er weiß, dass ich solche Sachen verabscheue, er weiß, ich flüchte vor jeder Öffentlichkeit, vor jeder Zur-Schaustellung, vor Malern, vor den neumodischen Photographen. Simrock lacht sich in Berlin ins Fäustchen, wenn ich mich hier von seinem Enke abmalen lasse. Das ist die Wahrheit, meine liebe Clara.

Und während sie so standen und laut miteinander redeten, keine hundert Schritte vom Gasthof »Zur Post« entfernt, da löste sich aus dem Schatten eines der Straßenbäume eine zappelige Gestalt. Sie hielt einen großformatigen Block unter dem Arm und schlich sich, am unbeteiligt stehenden Dienstmann vorbei, von den beiden Redenden unbemerkt, an Johannes und Clara heran. Es war der Maler Enke aus Berlin, von dem gerade die Rede gewesen war. Er tippte Clara Schumann von hinten auf die Schulter. Gestatten, gnädige Frau, sagte er und versuchte vor der sich hastig Umdrehenden eine Verbeugung. Frau Schumann, wenn ich mich nicht irre. Verzeihung, ick bin der Maler Enke.

Brahms trat einen Schritt vor und machte Anstalten, als wollte er sich auf den Maler stürzen. Zornig blitzten seine Augen, der Bart zitterte. Was erlauben Sie sich, Sie hergelaufener Mensch! Das ist doch wirklich die Höhe!

So lass ihn doch sagen, was er will, sei nicht so unfreundlich, rief Clara dazwischen und neigte den Kopf zum Maler hin.

Man merkt gleich, eine Dame von Welt sind Sie, Frau Schumann, entgegnete Enke. Es ist, wissen Sie, doch nur eine kleine Sitzung, die ich von ihm will. Ich erklärte es ihm, doch er bleibt stur und will nicht. Ich zeigte ihm Porträtbeispiele, die ich schuf von seinen Musikerkollegen, von Dvořak, von Tschaikowski, von Bizet und Bruckner ...

Brahms fuhr dazwischen: Da hast Du 's, von Bruckner. Ihn hat er gemalt, was schon allein Grund genug ist, abzulehnen. Vielleicht auch Wagner noch?

Gewiss, auch Wagner, unseren göttlichen Richard Wagner, hab ich gemalt, in Öl. In seiner Villa auf dem Hügel in Bayreuth, ein halbes Jahr vor seinem Tod. Ick vasteh nicht, Herr Brahms, was Sie gegen diese Herren haben.

Ich? Nichts hab ich gegen sie, aber sie haben etwas gegen mich, außer Bizet, der ist eine Ausnahme, den verehre ich, dessen *Carmen*-Partitur habe ich mir kürzlich von Simrock schicken lassen.

Er hatte den letzten Teil des Satzes, an Clara gewendet, gesagt. Brahms' Gesicht glühte. Er wischte sich den Schweiß aus Stirn und Nacken. Clara beachtete ihn nicht. Lächelnd fragte sie den Maler:
Hätten Sie nicht Zeit und Lust, ein Porträt von mir zu malen, Herr Enke, vielleicht eine Zeichnung nur, eine Kohlezeichnung oder Bleistift. Ich bleib ja nicht lange hier, da reicht die Zeit für ein Ölbild nicht. Und es wär' auch zu teuer für Sie, nicht wahr?
Wie meinen Gnädigste, zu teuer? Enke wirkte irritiert.
Brahms starrte auf Claras Gesicht, das mit einem Mal hoheitsvoll und herablassend wirkte. Er wusste, wie sie sein konnte, wie sie Freude daran hatte, mit Männern, besonders mit Männern zu spielen, die Berühmtheit zu geben, der man zu dienen hatte. Und richtig, in ihren Augen glitzerte Spottlust und Ironie, als sie zu Enke sagte, wenn sie ihm säße, er wisse, wer sie sei. Ein Porträt von ihr, das werde er doch reißend los. Clara Schumann, immerhin, bei aller Bescheidenheit, das sei doch ein Name. Und ihr Antlitz sei in Deutschland, ja in Europa bekannt wie nichts. Wahrscheinlich müsse er sogar noch Kopien machen. Da könne sie ihm doch nicht umsonst sitzen.
Herr Enke, das verstehen Sie doch, sagte Clara, und spielte mit ihrem Schirm.
Das sei sie doch ihrer Ehre schuldig, fügte sie an, während Enke verdutzt und verwirrt vor ihr stand. Wie er doch nicht glauben könne, sprach sie weiter, dass eine Clara Schumann ihm, einem Maler Enke, den sie bis eben noch nicht gekannt hätte, auch, wenn er aus Berlin sei, für umsonst zu einem Porträt säße, wie eine Blumenverkäuferin. Und er mache dann mit diesem Bild, was er sicher vortrefflich zu malen verstünde, da sei sie sicher, mache also mit so einem Bild ein Vermögen. Es hinge in allen berühmten Galerien, in München, in Wien, in Dresden, vielleicht in Paris. Ja, es hinge dort, in erster Linie, weil es sie, Clara Schumann zeigte. Er werde bekannt durch ihr Gesicht. Und sie, Clara

Schumann, habe umsonst Stunden ihrer Zeit geopfert, habe auf einem Schemel gesessen statt am Klavier, um sich auf das nächste Konzert vorzubereiten, habe wie irgendeine Unbekannte Modell gesessen. Nein, Herr Enke, sagte Clara, spannte den Schirm gegen die Sonne und machte Anstalten weiterzugehen, wenn ich Ihnen zu einem Bild verhelfe, dann sollten sie mir sagen, was Sie mir dafür zahlen wollen, so, wie auch Herr Brahms von Ihnen erwartet hätte, dass Sie ihm diese Höflichkeit erwiesen, nur, er ist zu schüchtern und bescheiden und versteckt sich hinter allerlei Ausflüchten. Ist es nicht so, Johannes?

Brahms, wie auch Enke, stand sprachlos. Johannes bewunderte seine Clara, deren Augen unter des Schirmes Schatten hervorblitzten, deren Mundwinkel vor Vergnügen zuckten, und die jetzt im Geiste wieder an den alten Wieck dachte, sich verglich, ob sie es richtig gemacht habe, wie er wusste. Enke aber verneigte sich, er wolle über ihre Worte nachdenken und ihr ein Angebot machen, sagte er, sichtlich nervös und zuckend. Dann ging er ab.

Den sind wir los, sagte Clara lachend, hakte sich bei Brahms unter. Ist dort vorn endlich der Gasthof, Johannes, fragte sie, ich habe einen fürchterlichen Hunger. Brahms, nun auch erleichtert, presste ihren Arm. Ja, gleich wären sie da. Das Essen sei wirklich gut hier und auch mit den Zimmern, die er ihr im Sulkowskischen Gute habe richten lassen, werde sie zufrieden sein. Sie schwieg darauf, aber er spürte, wie sie versuchte, ihren Arm zu lockern und von dem seinen zu lösen.

Sie stiegen die Treppe zum Gasthof hinauf, Clara wandte sich um, als sie den Schirm zusammenfaltete, rief dem Dienstmann zu: Warten Sie hier, wir lassen Ihnen ein Bier herausbringen.

Im Gasthof hatten sie gut und mit Appetit gegessen. Er, Brahms, sein Kalbsgulasch mit Knödel und Clara eine Forelle, gebacken mit Kräutern und Gemüse. Sie sprachen nicht viel. Nur Anfangs hatte Brahms zu Clara gesagt, dass er sie eines um das andere Mal bewundere, wie geschickt sie doch mit Leuten umzugehen verstünde, wie sie den Enke abgeschüttelt hätte, dies wäre bemerkenswert. Niemals, so glaube er, würde er auf so elegante und souveräne Art einem Menschen eine abschlägige Antwort geben können, wie sie dem Enke soeben, dort auf der Straße. Er, Brahms, sei sich, auch im Umgang mit Freunden seines schwerwiegendsten Fehlers bewusst, der Ungeschicklichkeit nämlich, und er bitte sie schon jetzt im Voraus um Nachsicht, wenn er auch heuer wieder, vielleicht sogar während ihres Besuches, solche Anwandlungen zeige. Sie, Clara, möge ihm bitte verzeihen, sagte Brahms, er könne nichts dagegen tun, es sei seine Natur. Im Grunde nehme er sich jedes Mal vor, liebenswürdig zu sein, nicht zu poltern und zu schimpfen, sich im Zaum zu haben, besonders, wenn ihn der Ärger anfiele, doch dann wäre ihm immer, als bemächtige sich seiner Zunge ein Kobold und er könne nur Garstiges, Unflätiges hervorbringen. Clara lächelte, während sie einen kleinen Bitterlikör an die Lippen hob, nun, so schlimm wäre es doch diesmal nicht gewesen. Er neige dazu, sagte sie und hob ein wenig ihren kleinen beringten Finger, er neige zu theatralischen Gebärden, alles müsse eine göttliche und riesige Bedeutung haben, er überhöhe sich, wenn er von sich mit solcher Wichtigkeit rede. Mit der Zeit aber nutze es sich ab, dieses Übertreiben, dieses sich Schlechtreden, und es bleibe ein kleinerer Mann übrig als er in Wahrheit sei. Dies solle er bedenken, und, so fügte sie lächelnd an, sie kenne ihren Johannes schon sehr gut, sie wisse, wie er gebaut sei, vor ihr brauche er sich nicht verstellen und eine Rolle spielen. Es genüge schon, wenn er in seinen Briefen dichterische Qualitäten zeige, da brauche er im wahren Leben, wie jetzt, wo sie sich so kurz sähen, nicht auch noch einen Nebelzauber aufführen, sondern frisch von der Leber weg (man hörte ihren sächsischen Akzent jetzt deutlich) reden. Sie wisse, sagte sie gerade in dem Moment, als der Kellner vor ihr die Pfannen-heiße Forelle niedersetzte, es drücke ihn schon die ganze Zeit, von seinem neuen Stück zu reden, das er begonnen habe. Aber er rede von Italien und von Simrock, von diesem Maler und von Allem und Jedem, nur nicht vom Wichtigsten traue er sich zu sprechen. Warum nur nicht? fragte sie. Johannes, warum diese Umwege. Warum er von seinem Charakter rede, fragte sie, und spießte ein grünes Salatblättchen an, wieso er sage, es sei schwierig mit ihm. Natürlich, sie wisse, er sei ein norddeutscher Schädel, doch ihre Freundschaft für ihn sei immer ungebrochen gewesen, die habe sie stets über alle Unebenheiten hinweggetragen. Also, sagte sie, er solle nicht ein solches Gesicht machen. Nach dem Essen, wenn sie hinüber zum Gute gegangen seien und sie sich ein wenig ausgeruht hätte, was ihr bedürfe, denn sie sei nun schon Fünfundsechzig, dann wolle sie sich ihm und seiner Musik widmen, dann könne er reden und vorspielen, und vorspielen und reden, so viel er wolle, dann sei sie, wie immer, seine erste und kritischste Zuhörerin, dann wolle sie auch selbst aus seinem Stücke spielen. Nur jetzt solle er aufhören, ihr etwas vorzumachen, solle er ganz er selbst sein, und vor allem solle er, sagte sie mit lustigem Gesicht, sein Gulasch nicht kalt werden lassen und das Bier trinken. Der Schaum darauf sei schon zusammen gesunken. Brahms brummte etwas, das wie Zustimmung klang, und sagte leise, bei ihr fühle er sich immer klein und unbedeutend, und doch so geborgen, so sicher, dass ihm das Herz ganz ruhig schlüge, an niemandem hänge er so wie an ihr. Mit seiner ganzen Seele hänge er an ihr, dies sei die Wahrheit …

Ja. Gewiss. Und nun iß bitte, Johannes, sagte Clara. Und Brahms aß, trank sein Bier und schaute zu Clara mit treuem Blick.

So also sprachen sie im Gasthof zur Post, um dann, nach der Mahlzeit, eine dreiviertel Stunde später, nach dem Sulkowskischen Gut aufzubrechen. Als sie aus dem Wirtshaus traten, schaute sich Clara nach dem Dienstmann um. Doch der war nicht zu sehen. Wo denn ihre Koffer wären, rief Frau Schumann laut, ob man sie bestehlen wolle, rief sie so laut, dass eine weißhaarige Alte, die am Fenster des gegenüber liegenden Hauses gelehnt hatte, ihr

zurief: Keine Angst, Gnädigste, der Dienstmann hat sie schon vor einer halben Stunde hinauf zum Gute geschafft, dort wird er warten und seinen Lohn empfangen wollen. Bei uns in Mürzzuschlag kommt nichts davon, hier gibt' s nur ehrliche Leit!
Und natürlich wartete der Dienstmann bei der Witwe Laschitz, mit der er ein Schwätzchen gehalten hatte, verneigte sich, die Mütze ziehend, vor der gnädigen Frau Schumann. Alles sei pünktlich und zum Besten besorgt, sagte er. Er wurde entlohnt und zog davon.

☙

Schweigend, mit ruhigen Augen ging Clara in den Zimmern umher, die für sie, sauber, mit Blumen überall gerichtet waren. Still lächelnd strich sie mit den Fingerspitzen über den schwarz glänzenden Lack des Flügels, den die eifrige Witwe Laschitz noch von irgendwoher besorgt hatte. Brahms stand in der Tür. Sind sie nicht allerliebst, die Zimmer? fragte er leise.
Gut, sagte Clara, ich bleibe noch bis morgen. Dann trat sie an Brahms heran, tippte mit dem Finger an seine Stirn. Ich danke dir, wie lieb, du hast an alles gedacht. Lass mich nun ein wenig ruhen, dann wollen wir musizieren und reden. Ja? Brahms nickte stumm, umarmte Clara fest, drückte sie an sich, hielt sie, die still stand und die Augen geschlossen hatte, lange so. Mit einem Seufzer entwand sie sich seiner Umarmung. Ich bin wirklich müde, Johannes. Gewähre mir eine kurze Fermate (sie lächelte matt). Ich bitte dich. Da küsste er ihre Hände und ging.
In seinen Mietzimmern angekommen, die gleich daneben lagen, lauschte er erst. Ja, er legte sogar das Ohr an die Wand. Ob sie wirklich schläft, oder ob sie nicht irgendetwas am Flügel spielt, dachte er, und ihm fiel ein, dass er sie noch nicht einmal gefragt hatte, was sie in Hamburg spielen würde. Dann, als er nichts hörte, begann er, Notenblätter herauszusuchen. Wieder einmal fand er nicht sofort das Gewünschte. Er fluchte leise. Schließ-

lich setzte er sich ans Klavier, und ab und zu, mit getretenem Dämpfpedal, vorsichtig, nur mit den Fingerspitzen die Tasten berührend, spielte er und schrieb dann hastig ein paar Notenzeilen aus dem Gedächtnis auf. Er wollte die wichtigsten Themen seiner neuen Vierten, die er bis jetzt konzipiert hatte, und wenn es nur wenige Takte wären, zusammenstellen, um sie Clara vorzutragen. Auch einen Auszug aus einer Umarbeitung seines *f-Moll Klavierquintetts* für zwei Klaviere, eine Skizze bisher nur, wollte er bereit legen. Ihm schlug das Herz zum Halse, als er auf die Notenblätter blickte. Er wusste, wie sehr gerade dieses Quintett, das noch wenig öffentlich gespielt worden war und dass sie nur flüchtig kennen konnte, wie er dachte, wie sehr dieses Stück vor Liebe und Verehrung für sie und Robert glühte, besonders den letzten Satz, dachte er, will ich ihr vorspielen. Er wird, er muss sie rühren. Dann wieder nahm er die Blätter der Vierten herbei. Er stand auf, ging zum Fenster, sah hinter den Dächern der Bauernhäuser die aufsteigenden Wiesen, die grau aufragenden gezackten Hüften der weit und doch so nah liegenden Bergriesen, den blau gespannten Himmelsbogen darüber, fühlte die Unendlichkeit, die ewige Größe, die Unnahbarkeit. Ihn schauderte. Er hielt seine Notenblätter, packte sie fester, dachte, was wir schaffen ist Augenblickliches, wer sind wir gegen die da; wenn man sich meiner nicht mehr erinnern wird, wenn meine Musik, die mich überdauern wird, nicht mehr zu hören sein wird, da stehen die in Jahrhunderten noch immer unberührt und unverändert, schauen mit grauer Gleichgültigkeit auf menschliche Bedeutungslosigkeit herab. Was bleibt von uns? Wie viel von der Welt brauchen wir wirklich, was braucht diese Welt von uns. Nichts. Sie braucht uns nicht, dachte er am Fenster. Sie kann auch ohne uns bestehen, wie sie schon Milliarden Jahre ohne uns bestanden hat und ebenso viele Milliarden Jahre nach uns weiterbestehen wird. Immer und ewig. Was ist denn von den Gründern unserer Kultur übrig geblieben, dachte er, immer noch am Fenster stehend. Ein paar morsche alte Säulen, ein paar Statuen, die uns fremd sind, ein paar Schriftrollen mit Geschriebenem. Doch damals, auch damals sangen die Menschen, musizierten sie, sprachen sie mit hellen, mit dunklen Stimmen. Jetzt kreisen diese Stimmen im Universum, wie abgeschossene und nie wieder zurückkehrende Pfeile. Sie irren umher, und wir können sie nicht hören. Und Brahms fühlte, während ihm diese Gedanken kamen, seinen eigenen Tod, seine Endlichkeit so deutlich vor Augen wie niemals zuvor. Er dachte an Clara, an sich, seine Freunde, Billroth, Hanslick, Bülow, den Franz Wüllner, die Witwe Laschitz, an viele andere noch. Alle würden sie vergehen, alle nähme sie die Ewigkeit auf, schlucke sie, wie ein unendlicher Schlund, wie auch ihn, Brahms, Johannes Brahms, Symphoniker, bekannt in Deutschland, bekannt in der Welt. Wie viel Zeit bleibt uns noch, dachte er wieder. Was kann ich noch schaffen? Und hat dieses Schaffen überhaupt Sinn? Ist nicht alles, was entsteht, zugleich wert, dass es zugrunde geht, wie Goethe sagte. Wenn, dann soll sie werden wie ein antiker Tempel, meine Vierte, dachte er, in sich ruhend wie Mozarts *g-Moll Symphonie*. Damit von den Sätzen, welche die Säulen sind, diese antiken Säulen, eine schöner als die andere, in sich ruhend allesamt und doch um die eine, die schönste, gruppiert, diese Marmorsäulen, die von allem menschlichen Tun am längsten bestehen bleiben, damit von diesen schließlich das ganze Gebäude getragen wird. Ein Gebäude, das davon künden wird, wie mühselig, wie beladen und wie unbedeutend unser Erdendasein in Wahrheit ist, und dass uns keine Zeit bleibt, wirklich glücklich zu werden. Denn nur für den Moment und in kleinen Teilen können wir wirklich beglückt sein. Niemals im Großen. Wir können uns an einer Blume freuen, an einem bunten Käfer, der an ihren Halmen emporklettert, über die Sonne, die nach dem Regen hervorkommt, an einem kurzen Augenblick, den wir in einer Landschaft so sehen, dass er uns zufrieden macht. Glücklich können wir sein, wenn wir wieder ein kleines Steinchen unseres Werkes weggetragen haben. Über ein Kind können wir uns für den Moment freuen, wenn ein solches Wurm auf uns lachend und ohne Arg zugelaufen kommt, wenn wir es hochheben und in die Arme nehmen können, wenn wir Liebe geben können und sie zurückbekommen, in einem Blick, in einem lieben Wort, einer Geste. Doch im Ganzen können wir nicht sagen, wir seien glücklich gewesen, denn wir leiden täglich unter den Wunden und Verlusten, die uns das Leben schlägt: Wenn wir einen Menschen verlieren durch Tod und Krankheit, durch Hass und Neid, durch Zank und Zwist, die Familie zerfällt; wenn wir selbst unsere Kraft und Gesundheit einbüßen. Nein, wir können nicht dauerhaft glücklich sein. Erst, wenn wir uns wiedersehen, dort drüben, hinter diesen Bergen, oben im blauen Nirgendwo, finden wir Ruhe und das Glück, bis dahin sind wir Ruhelose, Suchende, Glückssucher ohne Aussichten auf wirkliches Glück. Erst dann. Ja, dann erst.

Wie viel Zeit bleibt mir, dachte Brahms am Fenster, die Vierte muss fertig geschrieben werden, das ist jetzt das Wichtigste, doch sie wächst und bläht sich und erscheint mir unerreichbar fern. Ich will mit ihr, ich muss durch sie alles sagen, was ich weiß, ohne Worte, ohne Erklärungen, nur durch Töne, durch klingendes Sehnen das Unerreichbare hörbar machen, dieses »zum Augenblicke würd' ich sagen«: Bleib stehen, verharre, lass dich fassen liebes, holdes Glück. Doch, es verharrt nicht. Es bleibt das Ferne, nie zu Fassende – die Sehnsucht nach ihm.

Er trat vom Fenster weg, setzte sich ans Klavier und griff Akkorde, spielte Passagen, vergaß, wo er war, dass nebenan Clara schlief, dass er sie nicht stören wollte, dass er noch einen Kaffee hatte trinken wollen, sich umkleiden, sich vorbereiten auf den Nachmittag und Abend. Er spielte, unterbrach das Spiel, schrieb, kritzelte eifrig Noten aufs Papier, summte die Melodien mit, spielte weiter, war vertieft, konzentriert wie selten und hatte alles um sich her vergessen.

Clara indes war unbemerkt herein gekommen. Nun stand sie still neben einer zierlichen Kommode, in einem grünseidenen Hauskleid, die Augen blau und hell. Sie blickte auf den Klavier spielenden, Noten schreibenden, vertieften Brahms, sah ihn, den Bart kraus und wild das Haar, sah, wie er ganz weit weg war, sah seine hellen Augen starr auf einen Punkt an der Zimmerdecke gerichtet. Nur im Hemd saß er so, die Hosenträger hingen herab. Und hinter ihrer Stirn erschien der blonde, ernste junge Mann von einst. Sie begrüße ihn im Schumann'schen Hause, hatte sie gesagt. Er sei der Johannes Brahms aus Hamburg, hörte sie ihn sagen. Später sah sie ihn an Roberts Flügel sitzen, ihn, der gerade die Zwanzig überschritten hatte, hörte mit Staunen, wie er ohne jeden Effekt mit einer nie gehörten Tiefe die unglaublichsten Töne aus dem Klavier hervorzauberte, wie er ihr und den Kindern dann, Robert ging es schon übel, aus dem Werther vorgelesen hatte, auch da waren diese hellen Augen zur Decke gerichtet gewesen, wenn er zwischen den gelesenen Absätzen kleine Pausen machte. Und Clara vernahm wieder, während Johannes jetzt am Flügel spielte, seine junge, kräftige Stimme (sie kannte die Textstellen auswendig, erfuhr später, dass er damals beinahe mit denselben Worten auch so zu Joachim gesprochen hatte, als er des Abends mit ihm am Fluss wandelte): Er sei, soll er gesagt haben, in Verzückung, Gleichnisse und Deklamation verfallen, und habe darüber vergessen, ihm (Joachim) zu erzählen, was mit den Kindern weiter geworden sei. Stell Dir vor, soll er weiter gesagt haben, er habe, ganz in malerische Empfindung vertieft, wie weiland Werther auf einem Pfluge, wohl zwei Stunden gesessen. Da sei gegen Abend eine junge Frau gekommen und auf die Kinder losgegangen, die sich indes nicht gerührt hätten, mit einem Körbchen am Arm, und sie habe von Weitem gerufen! Sie habe ihn, Brahms alias Werther, gegrüßt, er habe ihr gedankt, sei aufgestanden, näher getreten, und er habe sie gefragt, ob sie Mutter von diesen Kindern sei. Sie habe es bejaht! Stell dir vor, lieber

Josef, soll Brahms emphatisch gerufen haben, sie bejahte es wie Werthers Lotte ... Später soll er, wie sie erfahren habe, noch weiteres zu Joachim in dieser Art gesagt haben, nämlich, vorgestern sei der Medikus hier aus der Stadt hinaus zum Musikdirektor Schumann gekommen, und er habe ihn auf der Erde unter ihren Kindern gefunden, wie einige auf ihm herumgekrabbelt seien, andere ihn neckten, und wie er sie gekitzelt habe ... was sie einem Kranken sein muss, soll er zu Joachim gesagt haben, das fühle er, wie einst Werther, an seinem eigenen armen Herzen, das übler daran sei als manches, das auf dem Siechbette verschmachte ...«
Und Clara fühlte alte Herzenswärme aufsteigen, aber zugleich dachte sie, wie er in das Elfenbein und das Ebenholz des Klavieres das Meiste gesenkt habe, was in ihm brannte. Nur ins Klavier. Sie sei für ihn eine Angebetete gewesen, eine literarische Figur, wie die Lotte im Werther, keine wirkliche Frau aus Fleisch und Blut. Nie habe er zu ihr gesprochen, auch als der eingebildete Werther nicht. Nur ein paar dürre Zeilen habe er geschrieben. Zeilen, die wie Zitate wirkten. Zeilen aber nur an den Freund, von denen sie, Clara, nichts erfahren sollte. Wie sei sie damals erschrocken, dachte sie, als sie beim Ausbürsten einen zerknüllten Zettel in Joachims Anzug gefunden habe, wie Feuer habe er in ihren Händen gebrannt und sie habe nicht gewusst, was sie damit tun solle, gezittert, ja, gezittert habe sie, denn sie habe Johannes Schrift sofort erkannt: Die alberne Figur, die ich mache, schrieb er da, wenn in Gesellschaft von ihr gesprochen wird, solltest du (Joachim) sehen! Wenn man mich gar fragt, wie sie mir gefällt – Gefällt! Das Wort hasse ich auf den Tod. Was muss das für ein Mensch sein, dem Clara gefällt, dem sie nicht alle Sinne raubt, alle Empfindungen bis zum Letzten ausfüllt! Gefällt! Neulich fragte mich einer, wie mir Liszt gefiele! Ha! und wie sie in einer der folgenden Wochen aus den Ascheresten im Küchenherd ein Schnipselchen von derselben Hand gefunden habe: Ich habe mir schon manches Mal vorgenommen, sie nicht so oft zu sehen, las

sie erstaunt. Ja, wer das halten könnte! Alle Tage unterliege ich der Versuchung, und verspreche mir heilig: Morgen willst du weg bleiben; und, wenn der Morgen kommt, finde ich doch wieder … und alles so weiter, in diesem schwülstig brünstigen Ton, hat er dem Papier anvertraut, dachte sie.

Was habe sie tun sollen damals? Was nur? Wie habe sie seinem stummen, nur in Tönen klingenden Flehen antworten, seiner Sehsucht, die sie fühlen, ahnen, täglich atmen und in Tönen, seinen Tönen, hören konnte, nachgeben sollen, dieser Sehsucht, die sich kaum je in einem Wort, außer in diesen von Goethe kolportierten Zeilen, geäußert habe. Dafür aber in Musik, immer wieder in Musik, wie in seinem *c-Moll Klavierquartett*, das er in gelber Weste geschrieben habe, wie er später an Billroth geschrieben haben soll, dachte sie. Sie wusste es nicht genau, ob er sich wirklich so, ob er sich überhaupt zu seinem Quartett geäußert hatte.

Hätte ich dich danach fragen sollen?

Wie, oh Gott, wie mein Johannes hätte ich es tun können, dir, uns nachzugeben, dachte sie, den entrückten Brahms am Flügel betrachtend, du weißt, Roberts Schatten hüllte uns ein, dieser riesige, übermächtige Schatten, dem wir nicht entfliehen konnten: »Lass uns vernünftig sein! Die Kinder! Was soll Joachim denken, der gute Freund? Deine Laufbahn hat erst begonnen, soll sie in Windeln erstickt werden.« Und Clara sah die starren blauen Augen des lieben, des treuen Freundes: Wir sind dennoch verbunden, Johannes, wir gehören zu diesem geheimen Bündnis, von dem Robert geschrieben hatte, wir sind Geistesgeschwister, mehr noch, wir gehören im Blute zusammen, auch wenn wir nicht Mann und Frau gewesen sind und die Ringe auf dem Grund des Rheins liegen, unerreichbar und fern. Was hätten wir tun sollen? Was? Er, Robert, das weißt du, hat den Vorhang aufgehoben und ist dahinter getreten, und er wusste nicht, so wie wir es nicht wissen, wie es dahinter aussieht! Nun sind wir alt! Bald öffnet sich dieser Vorhang auch für uns, von ganz allein, ohne unser Zutun …

Mein Gott! durchfuhr es sie mit einem Mal mitten in diesen Gedanken bei der Kommode stehend, wie faltig, wie gealtert er aussieht, der Junge! Einundfünfzig ist er erst. Und die Haut so gelb und fahl, das Haar zu lang und ungeschnitten, der Bart ohne Fasson. Und wie dürr er geworden ist. Der viele Kaffee, die Zigarren! Wie alt, mein Gott, wie alt sieht der Junge aus. Sie hob die Hand an den Kopf, betastete sich unwillkürlich.

Brahms hatte diese flüchtige Bewegung gesehen, doch er spielte weiter, suchte einen Akkord, improvisierte immer wieder, bis er ihn fand, den gesuchten Klang, griff breit und schwer in die Tasten, ließ ihn schwingen und aussingen, hielt den Kopf schräg, lauschend, dem Verhallenden nachhörend, dann fielen seine Arme herab, hingen kraftlos am Körper herunter. Ob er sie, Clara, geweckt habe mit seinem Spiel, wollte er wissen. Die hellen Augen jetzt auf sie gerichtet. Er habe nicht an sich halten können, habe es gar nicht vorgehabt, so lange und so viel heut noch zu arbeiten, doch dann habe er am Fenster gestanden, habe zu den Bergen hinauf gesehen, und da sei es über ihn gekommen, einfach so und ihn bestürmend. Ich habe dort gestanden, Clara, er zeigte zum Fenster, die Fischbacher Alb graute zu mir herab, die Wiesen dehnten sich hinan, ich stand und sann und, du glaubst es nicht, da musste ich Mozarts *g-Moll Symphonie* summen, und mit diesem Summen der ersten Takte schon, brach, wie eine Tonwelle, das Neue, das in mir ist, seit ich hier oben im Semmering bin, über mich herein, und plötzlich wusste ich, da ist er der rettende Faden, der alles zusammenhalten wird.

Hör! So ungefähr, rief Brahms der immer noch am selben Punkt stehenden Clara zu, und er begann die ersten Takte seines neuen Opus zu spielen. Er spielte, und sofort verschloss sich sein Mund, nahmen seine Züge einen innigen, ernsten Ausdruck an. Clara Schumann war gleich mit den ersten Tönen, die seltsam abwartend klangen und wie zaghaft, zögernd leise aus dem Flügel emporzuschwingen schienen, auf Zehenspitzen langsam näher gekommen. Sie setzte sich neben Brahms auf die breite, ledergepolsterte Klavierbank, machte sich schmal, dem Spielenden rücksichtsvoll Raum gebend. Mit einem Seitenblick auf sie, begann dieser auf einmal die Melodienbögen mitzusummen. Er schloss die Augen, sein Bart ragte zitternd auf. Hier! rief er hastig, unterbrach das Singen nur für Augenblicke, hier setzen die Streicher ein. Da! Wie aus dem Irgendwo starke Cello- und Bassunterstützung, ma-ma-mh-ma-ma, dann ein Retartandi, nochmals Verzögerung, hörst du, jetzt starkes Creszendo, immer stärker werden die Streicher, na-naaa-na, jetzt pass auf: Fermate! Nichts! Kein Ton! Tönende Stille! Dann endlich, von oben, wie aus dem Himmel setzen die Bläser ein, und wieder die Streicher, zuerst die Violinen, die Bratschen, die Celli, und von unten, aus dem zitternden Erdreich tönen die Bässe auf. So gewaltig, so kräftig, so dramatisch, wie ich noch nichts schrieb! Es wird die Zuhörer mitnehmen, sie werden erschaudern, sie werden hören wollen voller Sehnsucht, voller Gier, sich nicht entziehen können, wie ich selbst es nicht kann. Ja, wie ich! Schau her! Clara schau her! Und Brahms hatte sein Spiel kurz unterbrochen, zeigte Clara seinen entblößten Unterarm. Hier, schau! Sie sah die dichten blonden Haare seines Armes aufgerichtet, dazwischen blasse Hauthügelchen, aufragend, steif. Es schaudert mich, Clara, es schaudert mich vor meinem eigenen Werk. Doch, bitte, Geduld! Alles ist noch unvollkommen. Unfertig! Stückwerk! Hab noch Geduld! Bitte! Harre aus! Jetzt! Weiter, rief er hastig, schien nicht bei Sinnen. Die hellen Augen glasig, die Pupillen zu winzigen Punkten gefroren: So wird der zweite Satz heraufklingen! Er schließt an das Gewaltige, nie Gehörte an, unmittelbar und eng, atemlos, als wären sie Geschwister, und das schmachtende Drängen, das von ihm ausgeht, wird stärker und stärker. Die Sehnsucht, die sich steigernde Pein wird unerträglich. Schmerz! Hier, so! »Mh-ma-

ma-di-da-ma-maa«, Brahms sang laut und innig, während seine Hände das Klavier streichelten, liebkosten, es wie eine Braut betasteten. Und nun, Clara! Hör mir zu. Jetzt zieht es einen hinein, jetzt verliert man beinahe die Besinnung. Hör doch nur! Höre! Eine Orgie für Streicher und Bässe, ein Himmelsstrahl, der herabfällt, Farben erscheinen, mischen sich, es wirbelt mir in Brust und Kopf, es stockt das Herz. Hörst du, wie ein Bild aus dem Dunkel ans Licht drängt, wie es atmet, wie es in warmen Rembrandtschen Farben aus diesem Dunkel leuchtet, wie es golden schimmert, wie die Schatten es in dunklem Kobaltblau umspielen. So hör doch nur, Clara, so hör doch! Wieder sang er halb, halb redete er, summte zu seinem Spiel, saß mit hochrotem Gesicht neben Clara, die Augen verschleiert und wie im Fieber.
Sie wusste es, sie hörte es – das war das Bild von ihr, das ein Adagio geworden war! Doch, sie presste die Lippen aufeinander, obwohl es sie trieb, mitzusingen, laut, schreiend mitzusingen. Und als sie dann die Anfänge des dritten und die Themen des vierten Satzes gehört hatte, da wusste sie, es würde, wie seine erste, eine Finalsymphonie werden. Nichts Heiteres, Verspieltes wie die dritte, oder Verklärtes, es würde ein Monument werden, das zum Ende hin geschrieben war, zum alles verschlingenden Ende, es würde der tönende Verzicht sein, die klingende Entsagung von allem Irdischen, diesen wunderbaren irdischen Freuden, die so schön, so verführerisch und doch so himmlisch klingen können. Johannes, dachte Clara, hier hast du Musik gewordene Sehnsucht geschaffen, verzehrende Hinwendung, deren logische Moral der Verzicht ist, der Verlust, dachte sie, der Verlust allen Glückes, jeder Erfüllung und glückseliger Liebe, Gattenliebe. Ja, damals habe es in ihm schon begonnen, diese Selbstvernichtung, dieser Drang nach Zerstörung, dachte sie, und Clara hörte wie von ferne: Er sei in einem Zustande, soll er damals in seinem Werther-Wahn dem Joachim anvertraut haben, in dem jene Unglücklichen gewesen seien, von denen man glaube, sie würden von bösen Geistern um-

hergetrieben. Manchmal ergreife es ihn; es sei nicht Angst, nicht Begier! Es sei ein inneres unbekanntes Toben, das seine Brust zu zerreißen drohe, das ihm die Gurgel zupresse! Wehe! Wehe!
Brahms hatte aufgehört zu spielen, er saß schweigend, ausgepumpt, wartete. Auch Clara schwieg, sie hielt noch immer den Mund zugepresst, starrte auf die weißen und schwarzen Tasten, die unbeweglich und still, als wären sie nie berührt, ihr entgegen glänzten. Dann drückte sie den schwer atmenden Mann sanft zur Seite und griff in die Tasten. Sie wollte ihre Antwort spielen. Er sollte in Tönen, in seiner eigenen, von ihm ersonnenen Musik hören, was sie ihm zu sagen hatte. Der Flügel sollte antworten. Nicht sie. Dann erst, vielleicht würde sie ihm die richtigen Worte sagen können, Worte, die er so sehr von ihr ersehnte, wie sie wusste, und die sie doch so ungern sagte.
Schon mit dem ersten Akkord, den sie kraftvoll anschlug, erkannte Brahms sein *f-Moll Klavierquintett*. Clara kennt es! Spielt es aus dem Gedächtnis! Sie kennt es, und ich einfältiger Esel glaubte, sie wüsste nicht viel davon; sie liebt es, gerade dieses Quintett, dachte er, und sprang auf. Er ging zum Fenster, stützte sich mit dem Ellenbogen auf das Fensterbrett, er stand mit dem breiten Rücken zum Licht, das Gesicht, die Züge im Schatten und er beobachtete Clara. Er beobachtete sie und hörte wie im Rausch die ihm bekannten kraftvoll leidenschaftlichen Töne. Ja, es ist meine Besinnung an Robert Schumann geworden. Meine Hinwendung an den edlen Freund. Die Musik, besonders dieser Klavierpart, den Clara jetzt intonierte, schien sich mehr und mehr mit Schumannscher Leidenschaftlichkeit, mit seinen, Roberts, aufwühlenden Tonflammen zu füllen. Lange zurückliegende Erinnerungen überkamen Brahms wie eine Welle aus Tönen und Bildern, und er sah sich mit einem Mal im Saal des Gasthofes »Stadt London« zu Göttingen. Er saß still in der dritten Reihe des vielleicht zweihundert Personen fassenden Saales, starrte zum goldbemalten Stuck, begann die Arme der von der

Decke herabhängenden Leuchter zu zählen. Seine Hände waren schweißnass, das Herz klopfte stark, er fühlte die Schläge am zu engen Kragen. In wenigen Minuten würde ein ungewöhnliches Musikereignis beginnen. Clara würde das erste Mal seit Roberts furchtbarem Tod in Endenich wieder öffentlich auftreten, und Joachim, der gute Joachim, sein getreuer Wilhelm, würde ein paar Stücke Solo spielen, Tartini und Paganini wahrscheinlich. Dann wollten sie zusammen, Clara und Joachim, Mozarts *A-Dur Sonate* präsentieren. Als Zugabe. Man hatte es nicht bekannt gegeben, Hauptsache war, Joachim würde Clara zur Seite stehen, ihr zu diesem ersten Konzert nach Roberts Tod Unterstützung geben, wo nun auch er, Brahms, schwitzend, die Fäuste pressend saß, hier in diesem Saal, in dem sonst Vereinsfeste stattfanden und neumodische Walzerabende, wo politische Reden gehalten wurden und von der Bühne noch bunte Girlanden hingen. Langsam füllten sich die Stuhlreihen. Ein aufgeregtes Murmeln war überall. In den Zeitungen hatte es gestanden, als dieses Konzert angekündigt worden war: Claras Schicksal. Der tragische Tod ihres unglücklichen Mannes, die Kinder, die nun keinen Vater mehr hatten, sieben sollten es sein, wie sie nun mit der Witwe allein wären auf der Welt.

Die Kleinstadt Göttingen war bewegt. In allen Cafés und Gasthöfen, in den Amtsstuben und beim Kaufmann um die Ecke, überall war von Clara Schumann gesprochen worden. Auch die alten Geschichten mit ihrem Vater hatte man wieder aufgewärmt, seinen Starrsinn gegen das junge Paar. Dass sie ein Wunderkind gewesen wäre und viel gelitten hätte. Wie sie hätten klagen müssen gegen den eigenen Vater, ihr verstorbener Gatte und sie. Wegen der Heiratserlaubnis. Die arme Frau, und nun sei sie Witwe mit sieben Kindern.

Jetzt an diesem Konzertabend sagte, flüsterte manche mitfühlende Konzertbesucherin, es waren auffällig viele Frauen unter den Gästen, ihre Meinung und Ansicht zu diesem Thema, während sie zu zweit oder in kleinen Gruppen in den Saal traten und die Plätze einnahmen. Einige von ihnen redeten so laut und ungeniert, während sie sich, die Röcke raffend, in Brahms' Nähe hinsetzten, dass er jedes Wort verstand. Über ein halbes Jahr sei es nun schon her, dass der arme Schumann gestorben sei, hörte Brahms. Ja, in der Irrenanstalt Endenich bei Bonn am Rhein sei er zum Herrn eingegangen, sagte eine ältliche Dame mit einem Lorgnon. Nein, widersprach eine rotgesichtige Frau mit breitem Hut, er sei doch ertrunken, weil er in Pantoffeln und Schlafrock ins Wasser gegangen sei, bei stürmischem Regenwetter, in den Rhein, habe sie gehört. Aber Frau Kommerzrätin, hörte Brahms eine andere, die hinter ihm saß, entgegnen, in den Rhein sei er doch schon vor zwei Jahren gesprungen, nein, nein, in Endenich bei Bonn habe er die Augen geschlossen. Aber da fließe doch auch der Rhein. Natürlich, aber er sei in der Anstalt, in einer Art Zelle gestorben. Gefesselt mit Riemen, wie ein Gefangener. Sie soll ja, die Frau Schumann, bei ihm gewesen sein, als er die Augen geschlossen habe und auch dieser Geiger noch, der heute hier spiele, dieser Herr Joachim. Der auch? Ja, der auch, und ein gewisser Brahms noch. Na, sie soll ja jetzt überhaupt so viele junge Leute um sich haben, die Witwe Schumann, hörte Brahms. So? Was Sie nicht sagen? Ihr verstorbener Mann, sei ja Musikdirektor in Düsseldorf gewesen, ein braver Mann, wenn auch ein wenig verdreht. Verdreht? Nun ja, wie alle Künstler. Abgesetzt hätten sie ihn, in Düsseldorf. Musikdirektor sei er dort nicht mehr gewesen. Nein? Nein, Gnädigste. Und er sei damals nicht richtig ertrunken, so dass sie ihn wiederbeleben konnten? Nein, Frau Amtmann, ertrunken sei er nicht, sie haben ihn nur in die Irrenanstalt gebracht, damals, weil er wirr geredet habe. Wirr geredet? Das wissen Sie nicht? Nein. Na, in seiner Familie im Sächsischen, bei seiner Mutter, da sei dieses Irresein früher schon aufgetreten. So? Ja, eine Art Erbkrankheit. Oh, Gott. Sie soll ja sieben Kinder mit ihm gehabt haben, diese Clara Schumann, fing die erste

Dame wieder an, und das letzte sei erst geboren, als der Vater schon in der Anstalt eingeliefert gewesen sei. Felix hieße es wohl. Felix? Der Glückliche, ja! Na wissen sie, so einen Namen gibt man doch einem Kinde in dieser Situation nicht!
Eine kleine Pause war eingetreten. Wie alt sie denn jetzt wäre, die Frau Schumann, hörte Brahms wieder eine fragen. Fünfunddreißig. Und schon sieben Kinder! Die armen Würmchen, wie will sie denn die Kinderchen versorgen. Ja, das sei ein Elend, hörte Brahms, deshalb müsse sie ja wieder Konzerte geben. Ob sie dabei genug verdiene, um alle satt zu bekommen, ob die jungen Männer, von denen man gehört habe, ihr etwas beisteuerten. Brahms rutschte auf seinem Polsterstuhl hin und her und wäre am liebsten aufgesprungen, hätte die schwatzenden Weiber geohrfeigt.
Da rief eine Stimme von weiter hinten: »Still da vorn! Ruhe!« Clara war auf die Bühne getreten. Sie trug ein schwarzseidenes Trauerkleid mit aufgenähter schwarzer Spitze an Ärmeln und in drei Stufen auf dem Rock. Ihr Gesicht wirkte angespannt, die außergewöhnliche Blässe fiel Brahms sofort auf. Diese Blässe gab ihr, von den Kerzen, die auf dem Flügel standen, angestrahlt und verstärkt, etwas übersinnlich Madonnenhaftes, den Ausdruck einer Heiligen. Nur die Augen waren gerötet. Was muss sie geweint haben, flüsterte hinter Brahms die Frau Amtmann. Psst! zischte es von irgendwoher. Wie schön sie ist, dachte Brahms, hoffentlich hält ihre Gesundheit durch, und er presste die Fäuste zusammen. Er wusste, dass sie in den letzten Tagen immer wieder Ohnmachtsanfälle gehabt hatte. Mit den Akkorden, die jetzt von der Bühne in den Saal schossen, Kanonenkugeln gleich, explodierende Töne, geladen mit Roberts unbändigen Leidenschaften, begann der wilde Tanz der Davidsbündler, hielten sich im »Carneval« Eusebius und Florestan an den Händen, wankte Meister Raro heran, höhnisch verlacht von den tanzenden Masken, von Pierrot, Harlekin und Kolumbine, und über ihnen schwebte das

Madonnengesicht »Chiara«, diese absteigende Tonfolge, und neigte sich lachend dem König zu …

Und Brahms hörte mit einem Mal, während Clara in seinem Zimmer hier in Mürzzuschlag spielte, diese *Davidsbündler Tänze* aus seinem *f-Moll Quintett* heraus, sah sie wie Rosen in einem Blumenbeet inmitten lauter Nelken aufblühen, wie lachende Masken in einem dahinziehenden Zug, wie goldene Adern im grauen Felsgestein, und er sah Clara, wie sie kraftvoll und konzentriert spielte, »es waltet zu allen Zeiten ein geheimes Bündnis verwandter Geister, schließt den Kreis fester, die ihr zusammengehört, dass die Wahrheit der Kunst immer klarer leuchte, überall Freude und Segen verbreitend.« Ja, sie gehörten zusammen, Clara und er, über all die Jahre, über Verwitterungen und Verwüstungen, über Bitternis und Qual hinweg. Und Roberts Geist gehört zu ihr, wie er auch zu mir gehört. Wie er uns beiden gehört! Das will sie mir sagen, dachte er. Sie sei mir treu geblieben, ja, wir gehörten zusammen, mehr noch als je eine Frau und ein Mann zusammengehören könnten, sagt sie mir, dachte er am Fenster, doch, ohne Robert seien wir nichts, er sei unser verbindender Geist. Ohne ihn gäbe es auch uns nicht. Das ist die Wahrheit. Ohne ihn gäbe es auch meine Vierte nicht. Oh, Clara! Ja es ist so! Brahms schloss die Augen, stöhnte.

Clara hatte kurz aufgeblickt, zu Johannes hin, der wie ein Bär, wie ein großes Tier im Schatten am Fenster stand, sie hatte ihr Spiel unterbrochen, sein Stöhnen gehört, aufgeseufzt und sich dann wieder dem Instrument zugewandt. Sie begann von neuem. Wieder wusste er sofort, was sie spielte. Es war die Klavierfassung seines *Streichquartetts in c-Moll*. Doch, sie spielte nur ein paar Takte des ersten Satzes, ehe sie ohne Pause den vierten begann. Ausgerechnet den vierten Satz. Diesen verfluchten vierten Satz. Er hatte das Quartett umgearbeitet, vor Jahren schon, einige Male sogar. Doch diese erste Fassung verfolgte ihn bis heute, bis hierher nach Mürzzuschlag, bis in dieses Zimmer, an seinen

Flügel. Warum spielt sie ihn, diesen vierten Satz, über den er nur einmal, ein einziges Mal etwas Literarisches gesagt habe. Warum nur habe er, dachte er jetzt verzweifelt, warum nur habe er diesen Brief an Billroth geschrieben, und auch an Joachim, warum habe er von der gelben Weste geredet und vom zurückgebogenen Kopf am Fenster und dass man dies aus seinem *c-Moll Streichquartett*, namentlich dem letzten Satz Allegro, heraushören könne. Warum sei er damals so eitel gewesen, dachte Brahms jetzt, warum wollte Clara ihn jetzt an diese längst vergangene alte Schwärmerei erinnern, an seine »Werther-Zeit«, diese Zeit der Unreife, in der sie Reife am Nötigsten gebraucht hätte, Reife und Besonnenheit, die er ihr nicht zu geben vermochte. Ja, sie wolle ihn strafen für diese Zeit der Unbesonnenheit und Selbstverliebtheit. Dafür, dass sie ein paar Mal sogar Schriftliches von ihm gefunden habe, Zettel im Zustand der Gärung, des Nebels geschrieben. Ja, sie straft mich, dachte er am Fenster, noch nach dreißig Jahren straft sie mich mit meinem *c-Moll Quartett*. Dass ich sie eine Zeitlang für meine Lotte gehalten habe, wie ich den lieben Joachim für den Wilhelm hielt, sogar bis eben noch, in meinen Gedanken. Wo ich doch hätte wissen müssen, ich elender Tor, wie sehr gerade Clara jede Phantasterei hasst, wie sie Planvolles, Vernünftiges liebte, bis heute liebt. Wie ihr Mathematisches, wie ihr die Vernunft von jeher mehr gelegen hat als Schwärmerei, wie ihr Roberts Phantasien immer mehr Angst als Freude gemacht haben. Und je älter sie wird, kommt dieser Zug, dieser Charakterzug des alten Wieck immer deutlicher zum Vorschein. Ja, so wird es sein, dachte Brahms.

Und Clara Schumann spielte den vierten Satz des *c-Moll Quartetts* in seiner Urfassung, für Klavier gesetzt, spielte ernst und konzentriert, spielte geradezu im Widerspruch zur romantischen Poesie dieses Stückes, spielte mit Bachscher Klarheit und Kühle. Und plötzlich wusste sie, sie würde mit Johannes nicht über seine Vierte reden, sie würde überhaupt nichts reden. Was sie hatte sagen wollen, das hatte sie, wie einer Eingebung folgend, mit den beiden soeben gespielten Musikstücken gesagt. Was gäbe es noch zu reden. Reden zerstört, Worte sind unvollkommen, weil sie zu eindeutig, zu eng begrenzt sind, Worte beschränken unseren Sinn, dachte sie. Musik hingegen erlaubt alles, sie befreit das Denken, führt den menschlichen Verstand zu letzter Freiheit, führt ihn in Höhen, die das Wort niemals zu erreichen vermag. Worte, gesprochen, schwirren uneinholbar umher, wenn sie vorher uns Menschen verstört haben, wie soll ein Wort wieder zurückgenommen werden. Das ist unmöglich. Also wird sie schweigen. Und Johannes solle bedenken, was er in Tönen und Klängen, in singenden Botschaften, einem geheimen Schlüssel gleich gehört und was sein Verstand davon gefasst habe. Sie werde sein Herz erreichen, dachte Clara, sie werde es erreichen durch seine eigene Musik. Sie wird in ihn zurückkehren, wo sie entstand, und ihn zur Klarheit führen, die er braucht. Ja, Johannes, dachte Clara, die letzten Akkorde greifend, Worte sind es nicht, die du brauchst, es ist deine Musik, die dich verstehen lehrt und begreifen, warum unser beider Leben an diesem Punkt angekommen ist.

Clara hatte das Pedal getreten, und die Töne schwammen im Raum wie ein leise vergehender Nebel. Sie hielt den Kopf gesenkt und schwieg. Auch Johannes schwieg, immer noch ans Fenster gelehnt, noch immer das helle Licht des Sommertages mit seinem Rücken verdeckend.

☙

Clara Schumann fuhr mit dem Abendzug zurück nach Wien. Johannes hatte sie nicht zum Bahnhof begleitet. Der Abschied war seltsam kühl und kurz gewesen. An einem der nächsten Tage sah man auch Brahms im hellen Sommermantel, den Hut in der Hand, hinter sich einen Träger mit zwei Koffern, den kurzen Weg zum Bahnhof gehen. Er werde für eine oder zwei Wochen oder

auch für länger wegbleiben, hatte er der Witwe Laschitz gesagt, dann aber wieder nach Mürzzuschlag zurückkommen und seinen Urlaub zu Ende bringen (er lachte ein Verlegenheitslachen). Die Laschitz hatte wegen der umsonst hergerichteten Zimmer, wegen des zusätzlich beschafften Flügels, wegen der Blumen, die nun welk in den Vasen standen, nichts gesagt. Brahms sah sie forschend von der Seite an. Sie schien ihm verschlossener als sonst. Wo er denn hinführe, hatte sie dennoch zu fragen gewagt. Nach Meiningen, antwortete Brahms schnell und erleichtert, jetzt doch noch ein Wort sagen zu können, ja, nach Meiningen zu meinem Freund Hans von Bülow. Und die Zimmer, hatte die Laschitz weiter gefragt, darf ich die Miete im Voraus … Sie wissen, fremde Gäste, und … Ja, natürlich, rief Brahms heiter, hier haben Sie das Geld, und noch ein paar Schilling mehr für die anderen, nicht genutzten … er reichte ihr die Scheine schnell aus seiner Brieftasche. Vielen Dank, Herr Brahms, vielen Dank. Wir freuen uns auf Ihre Rückkehr. Reisen Sie wohl!
Als Brahms dann in den Zug stieg, von einem Schaffner in die Polsterklasse geleitet, sah man am Ende des Zuges einen zappeligen, dürren Menschen, beladen mit Staffelei und Rahmen, mit allerlei Taschen und einem Koffer nach der offenen Wagentür hasten. Es war der Maler Enke, der vom Semmering und von Brahms, vielleicht auch von der Musik und den Musikern die Nase voll hatte, und der sich zurück nach Berlin an die Spree sehnte.

※

Während Brahms im Zuge saß und seinem Ziel entgegenfuhr, hielten zwei ganz verschiedene Menschen einen Brief von ihm in den Händen.
Elisabeth von Herzogenberg lief aufgeregt im Haus Genova in Berchtesgaden durch die holzgetäfelte Suite, lief auf ihren in einem Lehnsessel ruhenden Gatten zu, schwenkte ein Papier über

ihrem Kopf und rief: Heinrich, stell dir vor, was Johannes Brahms hier schreibt! Liebe, verehrte Freundin, so schreibt er, er versäume eine Besuchszeit nach der anderen (er logiert ja nicht weit weg in Mürzzuschlag, wie du weißt!), aber die Eisenbahnfahrten seien es, die ihm Angst einjagten (dem Armen! Ach, mein Gott, wie sensibel!). Und ob wir denn jetzt wieder Ruhe hätten, schreibt er, ob wir da nicht etwa von ihm das Stück eines Stückes anzusehen imstande wären. Das Stück eines Stückes! Heinrich, rief Frau von Herzogenberg, und stand nun vor ihrem Mann, der in einen braunsamtenen Hausmantel gehüllt, ein braunes Samtbarett auf dem Kopfe, sie durch die Gläser seines Kneifers musterte. Heinrich, wiederholte sie, hier ist sie, seine neue, seine vierte Symphonie. Sie schwenkte einen Packen Notenblätter. Und wann unser Opus 1 denn fertig würde, fragt er an. Ob er auf die Saison warten müsse, wie die Konzertdirigenten, ha. Immer fügt er eine Flegelei an, dieser brummige Bär, wenn er auch gleich schreibt, er wisse, dass seine Stücke angenehmer seien als er selbst, an dem es immer etwas zu mäkeln gäbe. Herzogenberg winkte ab. Lass seine Injurien, Elisabeth, lass sie beiseite. Es sind Verlegenheitsgesten. Wollen doch lieber sehen, was er uns da komponiert hat, der Herr Brahms, und Herzogenberg sprang elastisch auf, riss seiner Frau die Noten aus der Hand und eilte zum in der Nähe stehenden Flügel. Schon nachdem er die ersten Takte gespielt hatte (Brahms hatte ihnen den ersten und ein Stück des zweiten Satzes geschickt), griff er sich mit der linken Hand an den Kneifer, unterbrach also, blickte seine Frau aus blinzelnden Augen an: diese gewaltige Malerei diesmal, rief er emphatisch aus, diese Landschaften, die er vor uns ausbreitet, wie er sie mit ruhiger Hand und sicherem Pinsel gezeichnet hat, mir ist, Elisabeth, als folge alles einem dichterischen Konzept, ich höre Goethe, ja Goethe, des Faust zweiten Teil. Elisabeth von Herzogenberg war hinter ihren Gatten getreten, hatte sich mit der Hand auf seine Schulter gestützt und über den Sitzenden hinweg auf die Noten geblickt, die auf dem Flügel ausgebreitet lagen. Ja, Heinrich, sagte sie langsam und leise, diese wundervolle Übersichtlichkeit und zugleich eine kühne Knappheit. Mürzzuschlag scheint dem Meister gut zu bekommen.

☙

Den anderen Brief von Johannes Brahms, der kurz war und nur ein paar Zeilen umfasste, hielt ein Mann in den Händen, der, die Frackbinde aufgelöst, das Hemd an den Ärmeln aufgeknöpft, fahrig und nervös wirkte. Er stand am Fenster, dieser schlanke, drahtige Mann, und blickte hinaus in den Park, sog die würzige Luft ein. Den Brief seines Freundes Brahms hatte er sinken lassen, mit halb geöffneten grauen Augen, über denen schwere, entzündete Lider lagen, überflog er den Brief noch einmal. Sein fuchsrotes Kinnbärtchen zitterte. Wo nur seine Zigaretten wären, dachte er, und durchwühlte hastig seine Taschen, dringend brauche er jetzt das Etui mit den starken französischen Zigaretten. Wo hab ich nur, murmelte er und trat hastig, den Brief immer noch in der Hand, zurück ins Zimmer. Ach da! Jetzt hatte er die Packung entdeckt. Er riss die Schachtel auf, nahm mit spitzen Fingern eine Zigarette heraus, betrachtete sie liebevoll, beinahe wie einen magischen Gegenstand, um sie dann anzuzünden. Gierig sog er daran, inhalierte tief, stieß den bläulichen Rauch durch Nase und Mund aus, entspannte sich. Seine Vierte also will er hier in Meiningen probieren. Er, der Meister, gleich selbst mit der herzoglichen Kapelle, seiner Kapelle, dachte der Mann rauchend, und er, der sie erst zu einer Kapelle gemacht hätte, er dürfe zuschauen, wie es der Meister richte. Nur Zuschauer sein, daneben stehen, neben dem bärtigen Löwen. Dies habe er sich fein ausgedacht, der unflätige Hamburger, ihn beiseite zu schieben, ihn, Hans von Bülow! Ratschläge solle er geben, hat der große Löwe geschrieben. Ratschläge! Er, der ihm der »kleine Leopard« sei, solle assistieren. In Wahrheit könne der große Löwe doch gar nicht dirigieren. Eine komische Nummer sei er, und dies habe ihm nur bisher keiner gesagt, keiner zu sagen gewagt. Wie er da oben stehe! Eine Lachnummer. Sogar die Musiker hätten sich schon amüsiert. Der bärtige Kobold, das seien noch die harmlosesten Witze, die man über ihn reiße. Nein, es sei eine seiner Frechheiten, die er sich herausnähme: Da kommt der Herr Doktor Brahms einfach daher und benötigt eine Kapelle. Eine Kapelle zum Proben einer neuen Symphonie, die noch nicht einmal fertig sei. Seine neue Vierte wolle er proben. In Auszügen. Wie sie klinge, wolle er herausfinden. Mit seinen, Bülows, Musikern. Das gäbe es nicht, das sei kolossal! Wo bliebe seine Autorität. Was dächten seine Herren Musiker denn? Er sei entmachtet. Wiedereinmal! Das sei der Anfang vom Ende! Wo käme man nur hin, wenn jeder Komponist eine Kapelle, eine fertige, gut abgerichtete Kapelle, wie die herzogliche, brauche, um seine entstehenden Werke zu probieren. Die halbfertigen, wohlverstanden. Nicht einmal die fertigen etwa. Nein, die Torsi, Oh, heilige … Ihm fiel kein passendes Wort ein und er hieb mit seiner kleinen, schmalen Hand auf die Stuhllehne, bei der er stehen geblieben war. Eine neue Zigarette! Ja, eine neue Zigarette brauche ich, dachte er, und er riss an der Packung, riss sie auf, war nervös und hastig, war unvorsichtig flatterig, so dass die Zigaretten heraus und auf den Teppichboden fielen, wie Streichhölzer purzelten sie heraus und lagen nun durcheinander zu seinen Füßen. Er fluchte, bückte sich, sammelte sie ein. Nun wohlan denn, dachte er in dieser Haltung, wollen wir dem Herrn Brahms die Freude machen, wollen wir ihn und seine neue Symphonie begutachten, wollen wir ihm die Übungen gönnen, soll sie das Laufen lernen, hier in Meiningen, seine neue. Am Ende würde er das Werk bekannt machen in der Welt. Er, Hans von Bülow, und kein anderer. Das sei gewiss.

Im Hause des Dichters Peter Rosegger im stillen Dörfchen Krieglach hatte es seit dem Besuch des Meisters Brahms keine richtige Ruhe mehr gegeben. Fast jeden Tag musste sich Rosegger von seiner Frau anhören, was für eine Torheit er begangen habe, den großen Musiker nicht zu erkennen und ihn wie einen x-beliebigen Pensionsgast zu behandeln. Diese Schande, sagte sie, eine solche Ignoranz. Wenn das bekannt wird. Du musst etwas tun, Peter, das musst du wieder gut machen. Geh nach Mürzzuschlag, geh zu Fuß wie ein Büßer, und bitte den Doktor Brahms um Vergebung. Schenk ihm eines deiner Bücher, nimm eine Flasche Veltliner mit, entschuldige dich, sei höflich und voller Demut, bitte. Zwei Wochen lang, jeden Tag hörte Rosegger das Jammern seiner Frau. Und er wusste ja, sie hatte Recht. Nur zu Recht. Er konnte das nicht auf sich beruhen lassen. Nicht nur wegen seines Rufes war er besorgt, nicht allein deswegen, sondern er fühlte sich schlecht, er wusste, er könnte diese Blamage nicht ungeschehen machen, aber mildern und heilen wollte er. Also raffte er sich eines Morgens auf, nahm seine Jagdhündin an die Leine, schnallte einen leinernen Rucksack auf seinen schmalen Rücken, darin Wein und Bücher, eine Packung seltenen kolumbianischen Hochlandkaffees, denn er wusste, Brahms trank gern dieses schwarze, bittere Gesöff, auch ein Pfeifchen tat er dazu, und schritt bald los gen Mürzzuschlag. Zwei Stunden wanderte er tapfer. Es war warm und er kam in Schweiß, doch seine schwachen Beine hielten durch. Der Hund zog an der Leine, als es durch den Bergwald ging, dass er kaum nachkam. Er nahm ihn kurz, als es durch den Hohlweg hinab ins Tal ging und er zu beiden Seiten die Bauern ihr Grummet eintragen sah. Froh war er, dies gestand er sich ein, als er die ersten Häuser von Mürzzuschlag zu Gesicht bekam, und er freute sich auf ein kühles Bier, das er mit Herrn Brahms zu trinken hoffte. Doch als er sich dann bis zum Sulkowskischen Gute durchgefragt hatte und schließlich vor der Witwe Laschitz stand, da musste er hören, dass der Herr Brahms schon in der

vergangenen Woche abgereist sei, und er erst später wiederkäme, vielleicht nächste Woche, vielleicht erst im September. Sie wüsste es nicht genau, betrachtete den kleinen verschwitzten Herrn, der mit einem großen Rucksack vor ihr stand, erkannte in ihm nicht den Dichter Rosegger, dachte an irgendeinen Musikverehrer des Meisters. Vielleicht schriebe er ein paar Zeilen, schlug sie vor, wenn der Herr Brahms wiederkäme, wolle sie ihm das Geschriebene sofort vorlegen. Also schrieb Rosegger ein paar Zeilen, entschuldigte sich in aller Form bei Brahms, lud ihn ein nach Krieglach, unterschrieb mit Rosegger, Dichter der *Waldheimat*. Dann ging er ab.
Die Witwe Laschitz steckte den Zettel in ihre Schürzentasche. Sie hatte nicht darauf geachtet, was der kleine Mann da geschrieben hatte, und sie vergaß ihn, den Mann mitsamt seinem Zettel. Erst ein paar Wochen später fand sie das Papier, klein, unansehnlich, ein Klümpchen, nach dem Waschen in der Schürze wieder. Sie wollte es auseinander falten. Da zerbröckelte es zwischen ihren Fingern. Der wird sich schon melden, der kleine Mann, dachte sie, und warf es weg.
Peter Rosegger und Johannes Brahms haben sich nicht mehr wiedergesehen.

2. Auflage November 2005
© 2005 Copyright by Faber & Faber Verlag GmbH
Alle Rechte vorbehalten
Gestaltung Frank Eilenberger *Satz und Layout* aus der Garamond
im Atelier für grafische Gestaltung, Leipzig
Druck und Bindung Offizin Andersen Nexö, Leipzig
Printed in Germany

ISBN 3-936618-69-0

Dieses und weitere Bücher
des Verlages finden Sie auch im Internet unter
www.faberundfaber.de